Life is essentially a cheat and its conditions are those of defeat; the redeeming things are not 'happiness and pleasure' but the deeper satisfactions that come out of struggle.

F. Scott Fitzgerald

The Great Gatsby

100th Anniversary

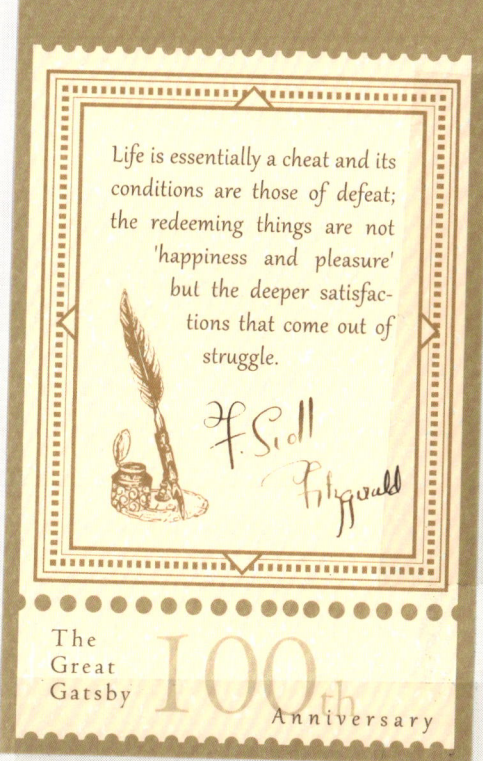

★★★★★★★★★★★★★★★★

最後的影壇大亨

THE LAST TYCOON

徐之野——譯

史考特·費滋傑羅

F. SCOTT FITZGERALD

版本說明：本書依循村上春樹的日譯版本，採用一九四一年艾德蒙·威爾森（Edmund Wilson）所編輯出版的版本翻譯。此版將作者費滋傑羅寫下的小節（episode）合併成完整的一章（chapter），並挪動部分場景，使之更為完整。

Contents

艾德蒙・威爾森編者序

一九四〇年十二月二十一日，史考特・費滋傑羅剛寫完這部小說的第六章第一節，心臟病突發，第二天就離世了。在此編印成冊的是作者已經多次改寫後的原稿。當然，這絕不能算是一部完成的書稿，費滋傑羅在原稿的每個小節空白處幾乎都寫了筆記——其中幾則，我也編入書中所附的筆記中。這些筆記顯示他對該章節還不滿意，或是將進行修整。他企圖寫出一部像《大亨小傳》那樣文字凝鍊、構思精巧的小說，我相信如果他再刪改潤色，目前這些內容會變得更好。

他原先計畫的篇幅大約是六萬（英文）字，但到他去世前，這部小說已經寫了七萬字，再從其寫作提綱可以得知，他的故事才寫了一半。一開始寫的時候，他還準備刪掉一萬字左右，但我幾乎可以肯定這部小說會超過他預計的字數，因為這部作品的題材比《大亨小傳》複雜——比起在紐約長島上的逸樂生活，好萊塢片場這樣的背景，需要更多敘事去刻劃體現，人物性格也需要更多篇幅去發展。

《最後的影壇大亨》目前這一稿已經證明它是一部富有藝匠之心的作品，作者大量蒐集寫作素材並組織完備，對主題也有十足把握，欠缺的只是最後將故事收束聚焦。但光是現有的內容，已經讓這部小說具備感動人的力量，斯塔爾這個主角性格已被飽滿且真實地塑造出來，這相當了不起。這位好萊塢製片人的內心如此豐富多姿，可以看出這是費滋傑羅深思熟慮後所構思出來的模樣，也是他理解至深的人物形象。他對這個人物所寫的筆記，顯示這整個形象已經在他腦海中放了三年多，他一直在尋找能讓斯塔爾有個性的語言，架構出他跟電影產業裡各個部門的關係。以費滋傑羅作品中的主角來說，艾莫瑞・布雷恩和安東尼・派屈是他自己的浪漫投射，蓋茲比和迪克・戴佛塑造得多少還算客觀，只是挖掘得還不夠深，但蒙羅・斯塔爾的形象，完全是從他內心深處創造出來的，他對這一點信心滿滿，他深知如何在一個更廣闊的層面上將角色安排到最恰當的位置。

所以，儘管《最後的影壇大亨》是部未完成的作品，我們依然能確認這會是費滋傑羅所有作品中最成熟的一部。這是他第一次對一個產業做出如此全面的審視，使得這部小說與他其它作品有著顯著不同。費滋傑羅早期的作品所刻劃的，都是初入社會的人物和大學生，寫的是一九二〇代那些揮金如土的人，放浪形骸的生活。那些故事中，人物的活動及他們活著的理由，無非就是些像煙火綻放般的派對宴會，這些活動最後也讓他們隨著時間而煙滅。但是《最後的影壇大亨》很少寫到宴會，就算有也無關緊要；蒙羅·斯塔爾不同於費滋傑羅所塑造的其他主角，他已經完全融入他所創造的那個產業中，他的悲劇也暗示了該產業的前景。小說近距離地檢視美國電影產業，對其進行細膩精準的研究，而且他最終寫出來的精彩情節、展現的敏銳才華，遠比所有其他同題材小說加起來還要多。《最後的影壇大亨》是我們迄今讀到描寫好萊塢的作品中最精彩絕倫的一部，也是能帶我們走進產業內幕的唯一一部。

將《大亨小傳》跟《最後的影壇大亨》合起來閱讀是絕對有意義的，費滋傑羅也的確懷抱著這樣的目的。他在構思《夜未央》時開始改變創作方式，最後卻使得那部本應充滿魅力的小說少了整體性，但是在這部小說中，費滋傑羅又回到了寫作《大亨小傳》時那種目標專注、技藝精準的狀態中。

通讀作者為創作這部小說所寫下的卷帙浩繁的草稿與筆記，再次加深我心中一個感受：費滋傑羅絕對是他那個時代的一流作家。無論是從故事的精彩程度，還是從文體的獨特性，《大亨小傳》故事最後那幾頁，堪稱我們這一代人所寫的小說中最優美的文字。艾略特（T. S. Eliot）曾經這麼評價《大亨小傳》，他說在亨利・詹姆斯（Henry James）之後，美國小說界是靠費滋傑羅才真正邁出最重要的第一步。儘管壯志未酬，但我相信在那些被奉為經典的作品中，《最後的影壇大亨》已擁有自己的一席之地。

一九四一年　艾德蒙・威爾森

最後的影壇大亨

第一章

我沒有演過電影，卻從小就在電影圈。我五歲生日派對那天，大明星藍道夫．范倫鐵諾還專程出席，至少別人是這麼跟我說的。寫出這件事只是為了要說明，從我不懂世事的年紀開始，我所置身的位置，就是得以洞察美國電影圈運作齒輪的核心。

我一度想寫回憶錄，書名就叫《製片人的女兒》。不過當你才十八歲時，哪能跟人說要寫什麼回憶錄。就算我文筆再好——寫出來肯定就像影評人洛莉．帕森斯的舊文章，無啥可觀。我父親在電影業界的地位，就像紡織業或鋼鐵業的龍頭，而只有我不覺得那有什麼。我看好萊塢，就像個被分派到鬼屋裡的幽靈，我知道大家都畏懼它，偏偏我一點都不怕。

這種話說起來容易，但要外人明白卻很困難。我就讀本寧頓學院時，遇過一些自詡對好萊塢電影不感興趣的文學老師，但其實他們是打心裡厭惡好萊塢。他們憎恨它，認為好萊塢是對他們存在的威脅。更早之前，我在修道院遇過一位甜美的小修女，她拜託我替她弄到一部電影腳本，好讓她「教學生一些有關電影寫作的技巧」，就像她的散文和短篇小說課需要教材一樣。我幫她弄到了，但她應該是苦思了很久，拿那些腳本沒辦法，所以從沒在課堂上提及，最後都還給了我，樣子有點惱怒，卻沒說什麼。我寫的這個故事，最後泰半也會是同樣下場。

你可以像我一樣，把好萊塢看作理所當然，也可以藐視它，就像人們對不理解的事物常有的態度。人們就算理解，終究也只是模模糊糊、浮光掠影，只有少數人能真的記下關於電影的一切，而最接近這種情況的，是當女人試著理解某個男人時。

搭飛機對我是習以為常的事。從小學到大學，父親讓我跟妹妹搭飛機往來學校跟家裡。妹妹去世時，我才念中學，從那之後我就獨自飛行。每次航行總會讓我想起她，以至於我常在機上陷入沉默。多數時候那些我知道的電影界人士會跟我同班機，偶爾也會出現有吸引力的大學男孩，但大蕭條期間這樣的人很少。我很少在旅途中真正入睡，總是想著妹妹埃莉諾，想著海岸跟海岸間強烈的斷裂感——直到飛離田納西州那些孤單的小機場。

這趟旅途非常顛簸，乘客很快就分成立即入睡的人和根本不想睡的人。我對面有兩個後者，從他們零星的對話能斷定他們來自好萊塢，其中一個像是中年猶太人，時而亢奮地談話，時而沉默地蜷縮著像是隨時要跳起來，讓人害怕；另一個則蒼白、平凡，是個年紀約莫三十多歲的壯碩男子，我很肯定以前見過他，或許他來過我家，但我當時還是個小女孩，所以他沒認出我，我也不在意。

飛機上的空姐身材高䠷、容貌端莊、目光深邃，就是那種航空公司會挑選的類型——她來問我是否需要協助。

「親愛的，你需要阿司匹靈嗎？」她倚在我的座位邊，身體隨著六月颶風危險地前後搖晃。「——或者安眠藥？」

「不用了。」

「我剛才一直忙著照顧其他乘客，還沒招呼你。」她坐到我旁座，幫我倆繫上安全帶。「要不要口香糖？」

這倒提醒了我，應該處理掉嚼了幾個小時的口香糖。我撕下雜誌一角，包起口香糖，扔進菸灰盒。

「我分得出誰是有教養的人。」空姐帶著讚許的語氣說，「會用紙包好口香糖再扔掉的人就是。」

我們一起坐著一會兒，搖晃的機艙裡燈光昏暗，像是在豪華餐廳用餐的空檔，我們都在逗留——但似乎並非本意，連空姐也得不斷提醒自己為什麼會在這裡。

她跟我聊起一位我也認識的年輕女演員。兩年前她與這位演員一起飛往西岸，那是經濟大蕭條最嚴重的時期。當時年輕女演員久久地凝視窗外，神情專注得讓空姐擔心她想跳機。其實她當時害怕的並不是貧窮，而是革命。

「我媽和**我**已經做好打算。」她對空姐透露，「我們要去黃石公園，簡單地過生活，等這一切都過去再回來。他們不會傷害藝術家——你知道嗎？」

我對這個計畫很感興趣。我想像著那幅美麗的畫面：女演員和母親被善良的保守主義熊餵以蜂蜜，被溫柔的小鹿餵食鹿奶，晚上還陪在她們身邊，充當她們的枕頭。我回報空姐我父親從律師和導演那裡聽來的故事，當年退伍軍人進攻華盛頓，律師藏了一艘船在薩克拉門托河，他們打算如果被攻克，就划船逆流而上，待幾個月再回來。「因為革命之後，人們還是需要律師來處理法律問題。」

導演天性比較悲觀，他準備了一套舊衣服、襯衫和鞋——他沒說是自己的還是從道具部拿的——打算混進人群藏起來。我記得父親接著說：「但那些人會看你的手！他們會知道你多年沒做過體力活，還會跟你要工會證件。」我至今仍記得導演聽到這些話時的黯然神色，記得他到用甜點時一直悶悶不樂，記得我聽到那些計畫只覺得可笑又沒用。

「你父親是演員嗎，布雷迪小姐？」空姐問，「我好像聽過這個姓氏。」

聽到「布雷迪」，走道另一邊的兩名男子都抬起了頭。那種典型好萊塢的目光，總是不期然地從某人肩膀掃向我。接著，那位年輕、膚色蒼白、身材壯碩的男子解開安全帶，來到我身旁。

「你是西西莉亞．**布雷迪**嗎？」他用略帶責怪的語氣問道，好像我瞞著他什麼。「我**認出**你了。我是韋利．懷特。」

他其實可以省略自我介紹——因為就在同一時刻，另一個聲音說：「小心你的腳，韋利！」一名男子從他身邊經過，直接朝駕駛艙走去。韋利．懷特一驚，遲疑了一步，挑釁地朝那人大喊：

「我只聽機長的命令！」

我聽出了這種好萊塢權勢人物與其隨從之間的玩笑話。

空姐責備地說：

「請小聲點——有乘客在睡覺。」

這時，我注意到走道對面另一名中年猶太男子也站了起來，毫不掩飾巴結的目光，盯著剛走過去的男子背影。那名男子一邊走出我的視線，一邊揮手作勢告別。

我問空姐：「他是**副機長**嗎？」

她幫我倆解開安全帶，準備把我交給韋利．懷特。

「不是，他是史密斯先生，他有私人包廂，就像『新婚套房』——不過只有他一個人用。副機長一般都會穿制服。」她站起來，「我得去看看我們是不是要在納什維爾迫降。」

韋利．懷特聽了十分震驚。

「為什麼？」

「密西西比河谷有風暴來了。」

「那是不是代表我們得在這裡**過夜**？」

「如果這種天氣繼續的話！」

突然的顛簸暗示著風暴並未歇停，這次搖晃將韋利．懷特搖進我對面的座位，空姐也跌向駕駛艙的方向，而那位猶太男子則跌撞回座位上。在一陣勉力保持鎮定的埋怨聲後，我們安定了下來，有人開始介紹。

「布雷迪小姐，這是施瓦茨先生。」韋利．懷特說，「他也是你父親的好朋友。」

施瓦茨先生用力點頭，像是要讓我聽見地說：「這是真的。我以神的名義發誓，這是真的！」

或許他曾有機會把這些話大聲說出口，但如今他顯然「經歷過些什麼」。遇見他就像遇見剛經歷拳擊賽或事故且被擊倒的朋友，你若看著他問：「你怎麼了？」他只能透過碎牙和腫脹的嘴唇發出含糊的聲音，無法把話完整說清。

施瓦茨先生的外貌並沒有傷痕，他那誇張挺拔的波斯鼻和深邃的眼窩，一如我父親微微翹起的鼻翼上的愛爾蘭紅暈，是他們與生俱來的面部特徵。

「納什維爾！」韋利・懷特喊道，「這表示我們得住飯店了，我們得等到明晚——如果順利的話——才能抵達西岸。我的天！我就是在納什維爾出生的。」

「你應該會喜歡重返故鄉。」

「絕不——我已經十五年沒回去了，也希望永遠都不必回去。」

但他還是會回去——因為飛機毫無疑問地正在下降，下降，就像愛麗絲掉進兔子洞那樣。我用手遮擋窗外的光，遠遠地看到朦朧的城市。那塊綠色的「請繫好安全帶——禁止吸菸」標誌從我們進入風暴至今，一直亮著。

「你聽到他說了什麼嗎？」施瓦茨從走道那邊，突然打破沉默問。

「聽到什麼？」韋利問。

「聽到他自稱什麼，」施瓦茨說，「**史密斯**先生！」

「那又怎樣？」韋利問。

「喔，沒什麼。」施瓦茨迅速地說，「只是覺得好笑，史密斯。」他的笑聲中毫無喜悅，「史密斯！」

自從馬車驛站以來，再也沒有什麼地方比機場更孤寂、更靜默了。那些老紅磚驛站就像被嵌在城鎮裡，只有住那裡的人才會停留在那些偏僻的站台。而機場則像綠洲，一如古老貿易路線上的停靠點，將你帶回舊時光。午夜的機場總會吸引來一小群人，觀看著一兩名旅客緩緩走進。年輕人看飛機，長輩則帶著警惕與難以置信的神情看著旅客。在橫跨美洲大陸的航班中，我們是來自海岸的富人，隨意地從雲端降落在美國中部某個地方。也許勇於冒險的精神正藏在我們之中，並以電影明星的身分出現，但大多數時候並非如此。我總是希望我們看起來比實際上有趣些——就像在首映會上，當粉絲們看到你不是明星而投來輕蔑目光的那一刻你會有的心情。

降落後，韋利和我突然成了朋友，他扶著我的手臂，穩住我下機。從那一刻起，他就不斷地向我示好，我也不介意。我們一走進機場，情勢便已經很明顯了——如果我們被困在這裡，那我們就是「一起」被困在這裡。（不像我失去男友的那一回，當時我男友在新英格蘭本寧頓附近的小農舍裡，跟一個名叫雷娜的女孩一起彈鋼琴，我當下意識到自己不被需要。廣播裡傳來蓋伊．隆巴多的〈高帽〉和〈臉貼著臉〉，她教他這兩首歌的旋律，音符像落葉般飄落，她將手輕放在他的手上，指導他彈出一個黑鍵和弦。那年我還只是個大一新生。）

施瓦茨跟著我們進了機場，但他神情有些恍惚。我們在櫃檯等消息，他則一直盯著通往停機坪的門，好像害怕飛機會不等他就起飛。後來，我離開了一下子，再回來時，情況似乎有了變化——韋利和施瓦茨兩人靠得很近，韋利說著話，而施瓦茨看起來像是剛被一輛大卡車碾過，表情更慘然。他不再盯著通往停機坪的門了，我聽到韋利話語的尾聲……

「——我叫你閉嘴，這是你應得的。」

「我只是說——」

他在我走近時打住，我問他有什麼消息，那時已經凌晨兩點半了。

「有，」韋利說，「他們認為飛機至少三個小時內無法起飛，所以有些人打算去飯店。但我想帶你去看看安德魯．傑克森的家：隱士之家。」

「天這麼黑，怎麼看？」施瓦茨質疑。

「管它的，再兩個小時就日出了。」

「你們兩個去吧，」施瓦茨說。

「好啊——你坐大巴士去飯店。車子還在等——**他**也在車裡。」韋利的語氣中帶著挑釁。「這也許是好事。」

「不，那我和你們一起去。」施瓦茨急忙說道。

我們叫了一輛計程車，駛入外頭的鄉間黑暗，施瓦茨似乎開心了些，鼓勵地輕拍我的膝蓋。

「我就該跟你們去，」他說，「我可以扮演監護人。從前我在賺大錢的時候，有個女兒——一個漂亮的女兒。」

他說話的語氣好像這個女兒已經被賣給了債權人。

「你還會再有的，」韋利安慰他，「一切會重新回到你手裡。命運之輪轉一圈，你會像西西莉亞的父親一樣，不是嗎，西西莉亞？」

「那個叫隱士之家的地方在哪兒？」施瓦茨問，「是不是在天涯海角？我們會錯過飛機嗎？」

「別提了，」韋利說，「我們應該帶上那位空姐的，你不是很中意她嗎？**我**覺得她挺可愛的。」

我們在稍微平坦的鄉村道路上行駛了很久，路邊偶爾出現樹或小木屋，接著計程車突然開進蜿蜒的樹林。即使身在黑暗中，也能感覺到林中樹葉的青翠——

和加州灰撲撲的橄欖色調完全不同。途中有一位黑人，趕著三頭牛，遇到車時，就將牛趕到路邊，牛低聲哞叫著。那是真正的牛，身體溫暖、毛皮柔軟，活生生的牛隻。黑人從黑暗中慢慢現身，一雙大眼近距離盯著我們的車看，韋利給了他一枚硬幣，他說：「**謝謝**——謝謝。」然後繼續站在那裡，牛又一次哞叫，聲音伴著我們離去。

我想起第一次見到的羊——好幾百隻，當時我坐的車在舊環球電影的片場，突然就開進了羊群裡。那些羊對拍電影很不高興，但跟我一起搭車的男士們卻不停地說：

「很壯觀吧？」

「這就是你要的吧，迪克？」

「是不是很壯觀？」那個叫迪克的男人從車裡站起來，好像他是科特斯或巴爾博亞，巡視著眼前那片灰色羊毛波浪。至於那些羊最後出現在哪部電影裡，就算我當時知道，如今也早已忘得一乾二淨。

車開了一個小時後，越過一條小溪，經過一座老舊鐵橋，木板鋪的橋面搖搖晃晃。就在此時，四周響起公雞的啼叫，每經過一處農舍，藍綠色的影子便隨之搖曳。

「我就說，天很快就要亮了，」韋利說，「我就出生在這附近，南方貧民的兒子。我家現在被當成了廁所。家裡有四個「僕人」——我父親、母親還有我的兩個姊妹。我拒絕加入那個行會，所以跑去曼非斯開創事業，但現在又陷入了死胡同。」他突然摟住我的肩膀，「西西莉亞，你願意嫁給我嗎？這樣我就可以分到布雷迪的財產了。」

他說起話來頗有幾分讓人放下戒備的魅力，我將頭靠在他的肩膀上。

「你在做什麼，西西莉亞？還在念書嗎？」

「我在本寧頓讀書，大三。」

「喔，真不好意思，我應該要知道的。我從沒享受大學教育的機會。不過，**大三生**——西西莉亞，我曾在《老爺》雜誌上讀到一篇文章說，大三已經沒什麼可學的了。」

「為什麼大家老是覺得大學女生都——」

「不必道歉——因為知識就是力量。」

「你知道你這話聽起來就像是那種在好萊塢混的人，」我說，「那地方永遠落後時代好多年。」

他假裝感到震驚。

「你的意思是，東岸女孩沒有自己的私生活嗎？」

「正好相反，她們**才有**自己的私生活。你煩到我了，放手。」

「不行，這會吵醒施瓦茨的，這是他幾個星期來第一次睡著。聽著，西西莉亞，我曾經和製片人的妻子有過一段情，非常短暫的一段。當一切結束時，她毫不含糊地對我說：你千萬別把我們的事說出去，否則我會讓你滾出好萊塢。我先生比你厲害得多！」

此刻我又重新對他有了好感。不久後，計程車拐進一條長長的小路，路上瀰漫著金銀花和水仙的芬芳，最終停在安德魯．傑克森故居的巨大灰色建築旁。司機轉過身來，想對我們說一些此地的故事，但韋利做了個噤聲的手勢，指指施瓦茨，我們便踮著腳下了車。

「現在還不能進去。」計程車司機客氣地對我們解釋。

韋利和我一起坐在柱子旁的寬敞台階上。

「施瓦茨先生呢？」我問，「他是誰？」

「管他是誰。以前他是某個組織的頭頭——第一國家電影？派拉蒙？聯藝電影？總之他現在失勢了。他會東山再起的，在電影圈除非你是個白癡或者酒鬼，否則沒有誰會真的永遠失敗。」

「你不喜歡好萊塢？」我試探地問。

「我喜歡，當然喜歡。嘿！這種話題可不適合在安德魯·傑克森故居的台階上——特別還是大清早聊。」

「我**喜歡**好萊塢。」我堅持道。

「好萊塢還行。那是個夢幻的淘金城。誰說的？我說的。它是個適合硬漢的地方，我是從喬治亞州的薩凡納去到那裡，到的第一天就去參加花園派對。主人來和我握手，然後我就再也沒看見他。派對該有的一切都在那裡——游泳池、一吋要價兩美元的青草苔、喝酒玩樂的漂亮女人們——

「只是沒有一個人和我說話，沒有一個人。我試圖和六、七個人搭訕，他們完全沒有回應。這種情況持續了一個小時、兩個小時——最後我從座位上站起來，像瘋子一樣從派對跑出去，直到跑回飯店，接待人員把一封寫著我名字的信交到我手裡，我才感覺重新擁有了身分。」

我雖然沒經歷過他說的這種事，但回想我參加過的派對，這樣的情況確實是可能的。在好萊塢，除非你身上掛著一塊牌子，說明你的斧頭已經在別處磨鈍了，而且無論如何絕對不會落到我們這種人的脖子上——換句話說，除非你是名人——否則沒人會搭理陌生人。而即使是名人，也得小心行事。

「你應該超然一點。」我打趣地說，「當人們對你無禮時，不是在針對**你**——他們是在針對自己過去認識的人。」

「喔，這麼漂亮的女孩，竟然說出這麼睿智的話。」

東方天色漸漸染上一抹微光，韋利已經能清晰地看見我——身形瘦削、五官姣好、頗有姿色，想事情就像個初生胎兒般鮮活躍動。我不知道五年前的那個黎明，我看起來是什麼樣子，大概有點凌亂、蒼白，畢竟在那個年紀，一個人會懷著「絕大多數的冒險都是好事」這種年輕人特有的錯覺，以為只要洗個澡、換套衣服，就能繼續再作戰。

韋利用一種頗為讚賞的目光看著我——接著，我們不再是兩個人，施瓦茨先生一臉抱歉地加入我們。

「我被金屬把手絆了一下。」他說著，摸了摸眼角。

韋利躍起身。

「你來得正好，施瓦茨先生。」他說，「導覽正要開始。老鬍子的家——美國第七任總統、紐奧良戰役的勝利者、國家銀行的反對者以及分贓制度的發明者。」

施瓦茨看向我，好像在等陪審團宣判。

「這種人就是編劇，」他說，「什麼都知道，同時又什麼都不懂。」

「你說什麼？」韋利顯得很生氣。

這是我第一次意識到韋利是個編劇。雖然我喜歡編劇——因為無論問他們什麼，通常都會有答案，但這讓韋利在我眼裡褪色起來。編劇不像一般人，或者我這麼說好了，如果他們有才華，他們其實是**很多種人**努力扮成一個人。這有點像演員，他們拚命避免照到鏡子——卻在**竭盡全力**後，發現處處都看到自己。

「編劇不都是這樣嗎，西西莉亞？」施瓦茨問，「我不是要說他們壞話，我只是據實說出來。」

韋利慢慢露出不悅的表情，「你這話我以前聽過。聽著，曼尼，我比你務實多了！我坐在辦公室裡，聽著一個胡思亂想的傢伙走來走去說幾個小時的廢話——要不是在加州，他早就被送進精神病院了。最後他還說自己多**務實**，而**我**多不切實際——還要我離開去好好搞懂他在說什麼。」

施瓦茨的臉上露出一種更加恍惚的神情，視線望穿前方高大的榆樹。他抬起手，漫不經心地咬著食指的指甲，目光追隨著屋頂煙囪旁一隻飛翔的鳥。那隻鳥落在煙囪上，像隻烏鴉，施瓦茨一直盯著牠，說：「還不能進去，但你們倆該回去趕飛機了。」

天還沒完全亮，隱士之家看起來像個白色漂亮的大盒子，歷經百年，這房子孤單單的，像是被遺棄於此。我們往回走到計程車旁，上了車，施瓦茨先生突然將車門關上，我們這才意識到他不打算一起走。

「我不去西岸了——我醒來時做了決定。我會留在這裡，司機可以送完你們之後再回來接我。」

「你要回東岸？」韋利驚訝地問，「就因為——」

「我已經決定了。」施瓦茨說，淡淡地笑著，「我本來就是個決心堅定的人——會教你們吃驚的。」司機發動引擎時，他摸了摸口袋。「你能幫我把這封信交給史密斯先生嗎？」

「兩小時後來接您？」司機問施瓦茨。

「是的……當然。我很樂意四處看看。」

回機場的路上，我一直想著他，想著他置身在清晨此刻，想著他所在的那片風景。他從某個猶太貧民窟一路走來，如今來到這座原始的聖殿。曼尼·施瓦茨和安德魯·傑克森——真的很難將這兩個名字放在同一個句子中。他或許並不知道誰是安德魯·傑克森，但他大概會想，如果故居能被人保留，那麼這位安德魯·傑克森一定是位偉大仁慈，而且能夠理解一切的人。人在起點和終點時，都需要被慰藉，有時是母親的胸脯、有時是一座聖殿。當再也沒有人需要他時，至少可以靠上去朝自己的頭開一槍。

當然，我們是二十個小時之後才知道這一切。回到機場，我們告知機組人員施瓦茨先生不再隨行，然後就把他忘了。風暴已經飄向田納西州東部，衝向山脈，不到一小時我們就要起飛，幾個睡眼惺忪的旅客從飯店回來，我則坐在硬邦邦的鐵椅上打了幾分鐘盹。失敗的旅程碎片漸漸重整出一段新的冒險：一個新的空姐，高䠷、好看、眼眸深黑閃亮，和之前一模一樣，只是穿著燈芯絨而非法式紅藍制服，她提著手提箱從我們身旁俐落地走過，韋利就坐在我旁邊一起等待。

「你把信交給史密斯先生了嗎？」我迷迷糊糊地問。

「交了。」

「史密斯先生是誰？我懷疑就是他毀了施瓦茨的旅行。」

「是施瓦茨自己的錯。」

「我討厭推土機型的人，」我說，「我父親在家裡就喜歡當推土機，我總是跟他說，把你那一套留到辦公室用吧。」

我懷疑自己這麼說是否公允，在這樣的清晨時刻，語言是最蒼白的籌碼。

「不過，他就是用那種方式把我送進本寧頓，對此我心存感激。」

「如果推土機布雷迪遇上推土機史密斯，」韋利說，「那一定是場大災難。」

「史密斯先生跟我父親是競爭對手嗎？」

「不完全是。應該不算是。要是他們是競爭對手，那我會知道要把錢押注在哪邊。」

「我父親那邊？」

「恐怕不是。」

大清早，我的愛家情結還沒發作。機長和組員站在一起，看著一位本來要搭機的乘客搖頭嘆氣。該乘客投了兩枚五美分硬幣到自動點唱機，然後再醉醺醺地躺在長凳上，想辦法抗拒睡意。他點的第一首歌〈迷失〉瞬間響起，一會兒後又響起另一首歌〈離去〉，樂音同樣決絕而堅定。機長搖了搖頭，走到那位乘客面前。

「老兄，恐怕這次我們不能讓你上飛機了。」

「什麼？」

醉漢坐起來，模樣狼狽，但明顯帶著某種吸引力。儘管他選的音樂實在讓人無法恭維，我仍對他感到同情。

「回飯店睡一覺吧，晚上還有一班飛機。」

「我只是想**飛上天**一會兒。」

「這次不行，老兄。」

醉漢失望地從長凳上摔下來，點唱機上方的擴音器開始召喚我們這些體面的旅客去登機。我在飛機走道上碰到蒙羅．斯塔爾，還差點撞到他身上——或者說，我確實很想撞到他身上。他是那種能讓任何女孩心動的男人，無論他有沒有給你機會。我就是那種完全**沒有**機會的人，但他對我有好感，起飛前還坐到我對面。

「我們都應該要求退款。」他提議，一雙深邃的眼睛注視著我，我不禁好奇如果他戀愛了，那雙眼睛會變成什麼樣子。他溫柔但冷漠，儘管輕聲與人溝通，卻帶著某種優越感。這並不是誰的錯，只是他看得太多了，他在「哥兒們」這個角色中進退自如，但到最後他都不屬於其中。不過，他懂得保持沉默，退到後頭專注傾聽。他總是站在一個高度上——雖然他個子並不高，看起來卻總是高高在上。他像個驕傲的年輕牧羊人，日夜兼程注視著他世界中無數瑣事。他天生沒能睡好，既沒有休息的天賦，也沒有休息的欲望。

我們靜靜地坐著，沒有一絲尷尬——自從十二年前他成為我父親的夥伴開始，我就認識他了。那時我才七歲，他二十二歲。韋利坐到走道另一頭，我猶豫著要不要幫他們介紹，但斯塔爾正若有所思地轉著戒指，讓我感覺自己太青澀又微不足道，以至於開不了口。我從來無法忽視他，卻也不敢**直視**他，除非有重要的話要說——而我知道，許多人對他都有同樣的感受。

「我把這枚戒指**給**你，西西莉亞。」

「你說什麼？抱歉，我覺得我——」

「我還有半打這樣的戒指。」

他把戒指遞給我，上面是個金塊，刻著醒目的字母S。這枚戒指的厚重和他纖細修長的手指形成奇妙的對比。他的手指跟身體一樣纖細，那張臉也削瘦，弧形的眉毛和深色捲髮讓他看起來很有氣質，但這個人骨子裡是個鬥士——有人告訴我，他過去曾是布朗區一群孩子中的頭頭，還形容他總是走在隊伍最前面，外表瘦弱，卻不時會向後面人群下命令。

斯塔爾用我的手握住戒指，站起來對韋利說：

「你到套房來吧。」然後轉向我，「待會兒見，西西莉亞。」

在他們走遠之前，我聽到韋利問：「你看了施瓦茨的紙條了嗎？」

斯塔爾回他：「還沒。」

我一定是個反應遲鈍的人，直到那一刻，我才意識到斯塔爾就是「史密斯先生」。

後來韋利告訴了我紙條內容。那是施瓦茨就著計程車車燈寫的，字跡幾乎難以辨認。

親愛的蒙羅：

你是他們之中最出色的。我一直欽佩你的智慧，所以當你開始反對我時，我就知道一切都沒用了！我一定是不行了，也不想再繼續這趟旅程。讓我再次警告你，當心！

我都知道。

你的朋友 曼尼

斯塔爾看了兩遍，抬起手摸了摸下巴上的晨間鬍渣。

「他是個神經緊繃的人，」他說，「沒辦法——真的沒辦法。我很抱歉對他冷淡——但我不喜歡有人以『為了**我**好』的名義親近我。」

「也許他真的是為你好。」韋利說。

「這是個很糟的手法。」

「我會吃這一套，」韋利說，「我跟女人一樣虛榮。如果有人假裝對我感興趣，我會想要更多。我也喜歡別人給我建議。」

斯塔爾不屑地搖搖頭，韋利繼續挖苦他——他是少數有特權這樣做的人。

「但你會接受某些奉承，」韋利說，「比如小拿破崙這類的。」

「聽起來讓我噁心，」斯塔爾說，「但試圖幫我，感覺更糟。」

「如果你不喜歡建議，為什麼要雇**我**？」

「因為我在做生意，」斯塔爾說，「我是個商人，我想買你腦子裡的故事。」

「你不是商人，」韋利說，「我做公關這一行認識很多商人，我同意查爾斯．法蘭西斯．亞當斯的看法。」

「他說什麼？」

「他認識所有商人——古爾德、范德比爾特、卡內基、阿斯特——他說他來世再也不要見到他們任何一個。嗯——他們後來也沒變得更好，這就是為什麼我說你不是商人。」

「亞當斯可能是個酸葡萄心理的人，」斯塔爾說，「他想領頭，但他要不是沒有判斷力，就是沒品格。」

「他有頭腦。」韋利極力反駁。

「光有頭腦不夠。你們這些編劇和藝術家總是把事情弄得一團糟，最後總得有人去替你們收拾殘局。」他聳了聳肩，「你們面對事情總是很主觀，動不動就討厭人、崇拜人——總是覺得人很重要，尤其是你們自己。這簡直是自找麻煩。我喜歡人，也樂於人們喜歡我，但我會把心好好地安放在上帝安排的地方——這裡面。」

他停頓了一下。

「我在機場對施瓦茨說了什麼？你還記得嗎——確切地？」

「你跟他說：不管你想要什麼，答案都是不！」

斯塔爾沉默了。

「他當下就垮了，」韋利說，「是我讓他笑著振作起來。我們還帶著比利・布雷迪的女兒去兜風。」

斯塔爾按了服務鈴。

他說：「如果我想坐到前面和機長一起待一會兒，他會介意嗎？」

「史密斯先生，這是違反規定的。」

「那就讓他有空時過來一下。」

斯塔爾整個下午都坐在駕駛艙前面，我們飛過無垠的沙漠，越過多彩桌巾般的高原，讓我想起小時候用顏色染過的白沙。時間來到傍晚，這時連山峰本身——「冰鋸山脈」，也從飛機的螺旋槳下越過，我們快到家了。

當我沒打盹時，我都在想著要嫁給斯塔爾，想著怎麼讓他愛上我。天哪，我那時多麼自負！我到底有什麼可以吸引他的？但當時的我不會這麼想。我有年輕女人的驕傲，這種傲氣源自一種崇高的信念：「我不比**她**差。」我覺得自己和那些不可避免地為他傾倒的大美人一樣美。而我對知識的興趣，肯定會讓我成為任何沙龍中的耀眼新星。

現在我知道這樣想有多荒唐。儘管斯塔爾的教育程度不過是在夜校學過速記，但他早已在無路可循的知識荒原中衝到最前方，踏入少有人能追隨上的領域。然而，當時的我輕率自負到敢拿自己的灰眼珠去和他的棕眼睛較量機敏，用我打高爾夫和網球的青春律動，去對抗他那因長年過勞而稍顯遲緩的心跳。我處處謀劃、設計——任何女人都會的招數——但最終什麼也沒發生，這些你將在後面的故事中看到。我至今仍會幻想，如果他是個貧窮的男孩，年紀和我接近，我或許就能成功。但當然，事實是我沒有任何東西是他所缺乏的；甚至，我那些浪漫的想法多多少少就是來自電影——比如歌舞片《四十二街》對我影響很深。極有可能，那些由斯塔爾構思出來的電影也塑造了今天的我。

總之，這令人絕望。至少在情感上，人無法僅靠彼此漂洗衣物湊合在一起。

但我當時的感受不同，我覺得父親或許幫得上忙，空姐或許幫得上忙，她可能會走進駕駛艙對斯塔爾說：「如果說我見過愛情，那就是她眼裡的光芒。」

機長或許幫得上忙，「夥計，你是瞎了嗎？為什麼不回頭看看她？」

韋利．懷特或許幫得上忙——而不是站在走道上疑惑地看著我，不確定我是否清醒。

「坐下來，」我問：「有什麼新消息？——我們到哪了？」

「空中。」

「喔，原來如此。坐下吧。」我表現得愉快且有興趣，「你在寫什麼？」

「一個關於童子軍的故事——童子軍。」

「是斯塔爾的主意嗎？」

「不知道——他讓我研究一下。他可能同時安排了十個編劇跟我在做同樣的工作，這種方式是他發明的。所以你愛上他了？」

「當然沒有，」我氣惱地說，「我認識他一輩子了。」

「絕望了，是嗎？好吧，我可以幫你安排，只要你動用影響力幫我晉升。我想要一個自己的團隊。」

我閉上眼睛，開始昏昏欲睡，醒來時，空姐正為我蓋毯子。

「快到了。」她說。

透過窗外的夕陽，我看到我們已經進入一片綠意更濃之地。

「我剛剛聽到一件有趣的事。」她主動談起，「在駕駛艙裡的那個史密斯先生，或者斯塔爾先生——我總是記不住他的名字。」

「他的名字從沒出現在任何電影上。」我說。

「喔，嗯，他一直在問機長關於飛行的事——我是說，他難道對這些很感興趣？你**知道**我的意思。」

「我知道。」

「我是說，有個飛行員告訴我，他打賭十分鐘內就能教會斯塔爾先生獨自飛行。他說他的感知理解力太好了。」

我開始不耐煩。

「這有什麼好笑的？」

「喔，因為最後飛行員問史密斯先生是否喜歡他的工作，史密斯先生說：『當然，我當然喜歡。這麼一堆瘋子裡只有我一個清醒，這種情況還挺有趣的。』」

空姐笑得前仰後合——我真想對她吐口水。

「我的意思是，他把那些人稱作一堆瘋子。我是說，他說他們**瘋癲**。」突然，她的笑聲打住，表情變得嚴肅並站了起來。「好了，我得去完成我的飛行紀錄表了。」

「再見。」

顯然，斯塔爾曾讓飛行員們與他平起平坐，讓他們和他一起掌控局面。多年以後，我和其中一位飛行員一起飛行時，他告訴我斯塔爾說過的一件事。

當時飛機正飛過群山，斯塔爾俯瞰著山景。

「假設你是個鐵路工人，」他說，「你必須讓一列火車從這裡的某處通過。你手上拿著測量員的報告，你知道有三、四個甚至半打可行的山口，且沒有一個比另一個更好。你必須自己做出決定——你要根據什麼而定？你沒辦法先測試哪條路是最好的——只能直接嘗試，所以你做了決定。」

飛行員覺得自己好像沒有完全聽懂。

「什麼意思？」飛行員問。

「你毫無緣由地選擇了一條路——也許是因為那座山的顏色，也許是因為藍圖上的藍色好看，這樣懂嗎？」

飛行員覺得這個建議應該很有價值，但也懷疑自己沒有機會用上。

「我真正想知道的，」他遺憾地告訴我，「是他到底怎麼成為斯塔爾先生的。」

恐怕斯塔爾自己也無法回答這一題，因為胚胎不具備記憶。但我能稍做回答一點，他年輕時就有著強勁的翅膀，飛得非常高，飛去看這個世界。而當他在高空時，他用一種能直視太陽的眼睛看到了所有國度。他頑強地揮動翅膀——最終幾近絕望地拍打著——堅持盤旋在高處，比我們大多數人都待得久，然後帶著他從那個高度所看到的一切，逐漸降落回地面。

引擎關了，我們所有五感開始為降落重新調整。我看到前方和左邊有一排長灘海軍基地的燈光，而右邊是聖塔莫尼卡那模糊閃爍的燈光。加州的月亮已經升起，巨大的橙色掛在太平洋上空。無論我對眼前這些有什麼感受——畢竟這一帶就是我家——但當斯塔爾看到這些，感觸一定更多。這些是我出生、睜開眼後就看到了的東西，就像在舊環球電影片場裡的羊群，這也是斯塔爾在那場非凡的、照亮人生的飛行後降落的地方。他在飛行中看清我們前進的方向，了解我們的樣子，以及其中有多少是真正重要的。你可以說，是一陣偶然的風把他吹到了這裡，但我不這麼認為，我寧願相信，在那樣的「眺望」中，他看到了一個新的衡量方式，用來理解我們這些人斷斷續續的希望、優雅的狡詐和笨拙的悲傷，他選擇來到這裡，與我們一起走到最後，就像飛機選擇降落在格倫代爾機場，之後進入溫暖的黑暗。

第二章

七月的某個晚上九點鐘，片場對街的雜貨店裡還有人——我停車時還看到那群人彎著腰在打彈珠遊戲。「老」強尼．史旺森站在街角，打扮得像個牛仔，面容憂愁地望著月亮。曾經，他在影壇的地位就像湯姆．米克斯或比爾．哈特一般重要——如今卻連跟他說話都變得令人沮喪，我匆忙穿過街道經過他，逕自走進片場大門。

片場從來沒有完全安靜的時候，技術室和配音室裡總有值夜班的人員，後勤人員時不時會走進餐廳。但入夜後片場的聲音很不同——輪胎柔和的摩擦聲、怠速引擎的低聲嗡鳴，還有女高音的孤單聲線穿透夜幕，赤裸的歌聲迴盪不去。轉角就有個穿橡膠靴的男人在奇幻的白光下洗車——那景象在死寂的工業陰影籠罩下宛若噴泉。接著我放慢腳步，因為看到馬庫斯先生在管理大樓前被人扶上車，此人說話總是慢條斯理，連道晚安也拖很久——就在等待時，我注意到女高音反覆唱著這一句：「來吧，來吧，我只愛你。」我記得很清楚，因為地震發生時，她就是唱著同一句。這場地震在五分鐘之後到來。

我父親的辦公室在一棟有著長型陽台和鐵欄杆的老建築裡，鐵欄杆給人一種繩索表演的緊繃感。父親的辦公室在二樓，隔壁就是斯塔爾的辦公室，另一側則是馬庫斯先生的——今天晚上一整排辦公室都亮著燈。一想到將靠近斯塔爾，我的胃便一陣翻騰，不過我控制得很好——從我一個月前回家至今，只見過他一次。

父親的辦公室有很多不尋常處，我簡單說幾樣。這間辦公室外頭坐著三位面無表情的秘書，從我懂事以來，她們就像三女巫般地坐在那裡——伯蒂・彼得斯、某個叫莫德的女人，還有一位可能名喚羅絲瑪麗・施米爾，我不確定名字，但知道她似乎是三人之中帶頭的，就像是三人中的「長官」。她的桌子下裝有腳動開鎖，啟動它，人們才能進出父親的辦公室。這三位秘書都是狂熱的資本主義擁護者，伯蒂有一條規定：打字員們一週內如果被發現一起吃飯超過兩次，就會被叫去訓話。當時片場對群體主義非常警惕。

我直接走進去。如今所有首席執行長的辦公室都設有豪華會客空間，但我父親的是第一個，他的辦公室也是最先安裝雙面鏡大法式窗的，據說那裡的地板還有個暗門，可以讓不受歡迎的訪客掉進底下的地牢。我覺得這個說法純屬杜撰。辦公室掛著一幅醒目的威爾・羅傑斯大畫像，我猜父親是為了表現與好萊塢的

「聖法蘭西斯」之間的某種關聯；此外，還掛有一張斯塔爾已故妻子米娜·戴維斯的簽名照、幾張片場名人照，以及母親和我的大幅人像畫。今晚的法式窗沒有遮蔽，一輪帶著朦朧金色光暈的圓月正孤零零地嵌在窗框上。父親、雅克·拉·博爾維茨和羅絲瑪麗·施米爾正圍著一張大圓桌坐。

父親長什麼樣子？我很難描述，只記得有一次我跟他在紐約偶遇，當時我沒想到會遇見他，只以為那是個中年發福、略帶羞澀的男人，我甚至希望那人趕快讓開——直到我發現他竟是父親。事後，我深感震驚。父親其實非常有魅力——他有一個堅毅的下巴和愛爾蘭式的笑容。

至於雅克·拉·博爾維茨，我就不多提了。反正他是個助理製片，這個身分有點像監督委員，差不多是這個意思。我一直很好奇斯塔爾去哪裡找來一個這樣行屍走肉的傢伙，也許他是被逼的，但這樣的人要怎麼用呢？這種好奇就像我看那些剛從東岸過來就吃憋的傢伙。拉·博爾維茨肯定還是有其優點，就像顯微鏡下的微生物，或者像狗追的骨頭，拉·博爾維茨——隨便啦。

我從在座人的表情看出他們剛剛就是在談論斯塔爾，可能他下達了什麼命令，或者禁止了什麼，甚至頂撞了父親，也或許是他砍掉了拉·博爾維茨的某部電影，總之是某種災難。他們深夜坐在這裡，形成一個想反叛卻無助的共同體。

羅絲瑪麗．施米爾手持紀錄本，像是要將大家的沮喪一字一句記下來。

「我奉命務必要開車送您回家，」我對父親說，「那些生日禮物都還沒拆呢！」

「啊！生日！」雅克一臉歉意地驚呼，「幾歲了？我竟然不知道。」

「四十三。」父親清晰地回答。

其實他比這個歲數多四歲——雅克心裡明白，我看到他馬上記在自己的「賬本」上，以備日後提醒。在這裡，這種「賬本」是公開的，人人都可以看。羅絲瑪麗也被迫跟進，在紀錄本上寫了什麼。就在她正擦掉那行字時，大地震動了。

我們沒有像長灘那帶受到全面的衝擊——那裡的商店都被震倒，小旅館甚至漂向大海——地震足足有一分鐘，我們的內臟彷彿與大地內在融為一體，像是噩夢般要將我們與土地重新連接，甚至將我們猛烈地拉回創造生命的子宮中。

母親的畫像從牆上掉落，牆面露出一個小保險櫃——羅絲瑪麗和我瘋狂地抓住對方，兩人在房裡上演一場怪叫不斷的華爾滋。雅克昏過去了，至少我們沒看到他，父親則緊緊抓住自己的桌子，大喊：「你們沒事吧？」窗外的歌手正高唱著〈我只愛你〉的最高潮，安靜只維持了片刻，然後我發誓她又再次唱了起來。也或許是錄音機正在回放那段歌聲。

房裡終於靜下來，剩下微微的搖晃感。我們恍惚地走向門口，雅克突然出現，我們帶著他一起踉蹌地穿過前廳，走到鐵欄杆陽台上。所有的燈幾乎都滅了，四處傳來呼喊與哭叫聲。我們等待著大地再次震動，沒過多久，像是某種默契，我們紛紛走進斯塔爾的辦公室。

斯塔爾的辦公室很大，但沒有父親的大。斯塔爾正坐在沙發邊揉著眼睛。地震發生時他在睡覺，懷疑自己是不是作了夢。我們向他說明後，他反倒覺得相當有趣——直到他桌上的電話聲此起彼落地響起。我盡可能不引人注意地觀察他。他那疲憊而灰暗的臉色，一接起電話，從聽筒那端獲悉報告後便逐漸明亮起來。

「幾根水管破裂了，」他對父親說，「大水正在往片場後方流。」

「格雷正在法式小鎮拍戲呢。」父親說。

「車站附近也淹水了，叢林和城市街角那邊也是。不過沒有大礙——目前沒人受傷。」他說完，鄭重地和我握了手，「小西莉亞，你去哪裡了？」

「你要過去看看嗎，蒙羅？」父親問。

「等我蒐集到各種消息再說。目前還有一條電纜斷了——我已經叫羅賓遜過來。」

他讓我和他一起坐在沙發上，聽我講述地震的經過。

「你看起來很累。」我以一種疼愛的、母親般的口吻說。

「是啊，」他同意，「晚上沒地方去，所以就工作。」

「我可以幫你安排一些活動。」

「結婚前我還常和一群人打撲克牌，」他若有所思地說，「但他們全都因為酗酒喝掛了。」

他的秘書杜蘭小姐帶來新的不幸消息。

「羅比會來處理好一切的，」斯塔爾向父親保證，然後轉向我說：「那可是個人物——羅賓遜。他從以前就是問題解決專家——在明尼蘇達的暴風雪中修復電話線路，沒什麼能難倒他。他很快就會到了——你會喜歡羅比的。」

他說得彷彿他今生的任務就是要讓我們相識，甚至為此策劃了這場地震。

「是的，你會喜歡羅比的。」他又重覆一遍，「你什麼時候回去學校？」

「我才剛回家。」

「整個夏天都待在家嗎？」

「可惜不是，」我說，「我得盡快回去。」

我感覺如入迷霧。我猜想過他可能對我懷有某種意圖，但如果確有其事，那也在讓人探不著頭緒的初步階段——我只是個「不錯的選擇」，但此時思考這種事情並不那麼有趣——跟他在一起就像嫁給醫生。這人很少在晚上十一點前離開片場。

「她還要多久才從大學畢業？」他問我父親，「這才是我想問的。」

我差點脫口而出，說我完全可以不必回去大學，我已經知道得夠多了——就在這時，令人欽佩的羅賓遜走了進來，一個紅髮彎腿的年輕人，準備好出發去辦事。

「這位就是羅比，西西莉亞。」斯塔爾說，「走吧，羅比。」

於是我見到了羅比。我不能說這就是命運——但確實是，因為後來正是羅比告訴我，那天晚上斯塔爾如何邂逅了他的愛情。

銀色月光下，片場後區看上去像個三十英畝的童話世界——並不是因為那些場景真的像非洲叢林、法國城堡、停泊的雙桅船和燈火通明的百老匯，而是因為它們像童年時撕裂的圖畫書，像跳躍在篝火中的故事碎片。我沒住過有閣樓的房子，但片場後區就有，當然了，夜晚會將真實扭曲成迷人的模樣。

當斯塔爾和羅比到達時，燈光已經集中在水災的危險區域。

「把水泵抽到三十六街的沼澤去，」羅比稍作觀察後說，「那是市政用地——這難道不是天災嗎？嘿——看看那邊！」

巨大的濕婆女神雕像頂端有兩名女子，雕像從一處緬甸布景中震落脫離，正順著一條臨時匯聚成的水流漂浮著，偶爾會在淺灘停下來，並因撞擊而搖晃，不久又和水潮中的其他雜物一起漂流。兩名逃難者在雕像光禿禿的前額捲髮上找到避難處，遠看還以為是在水災布景上搭乘有趣的巴士旅行。

「你看那邊，蒙羅！」羅比喊道，「看那兩個女人！」

突然出現一處沼澤，雕像慢慢漂向河岸邊。現在可以看清楚那兩名女子了，她們神色害怕，知道有救援後，顯得舒緩了些。

「我本來可以讓她們漂到廢水管去，」羅比很有風度地說，「但下週德米爾需要這座雕像。」

其實他連一隻蒼蠅都不願傷害。很快地，羅比親自踏入深及臀部的水中，拿著竿子想撈救兩名女子，結果卻讓雕像在水中瘋狂打轉。救援人員終於趕到，現場很快地傳出其中一位女子非常漂亮的說法，還有人說這兩人似乎是重要人物。事實上，這兩位女子只是迷路的過客，羅比一臉嫌惡地等著給她們一頓訓斥。此時情況終於控制住，雕像被拖上了岸。

「把那個頭放回去！」羅比朝他們喊道，「你們以為那是紀念品嗎？」

一名女子順利地從雕像臉頰滑下來，羅比接住她，將她安置在堅實的地面；另一名女子猶豫了下，也跟著滑下來。羅比轉向斯塔爾，等他處置。

「老闆，該怎麼處理她們？」

斯塔爾沒有回答，因為他愣住了，四英呎外那張對著他微笑的臉竟是他已故妻子的面容——連神情都一模一樣。在這四英呎的月色中，他曾經熟悉的雙眼注視著他，一綹熟悉的髮絲輕拂過額，那微笑停留片刻，像是記憶中的人稍作改變，嘴唇微張——一切就跟以前一樣。一股恐懼瞬間攫住了他，讓他想大聲喊叫。那曾令人窒息的房間、靜靜前行的靈車、墜落後被掩埋的鮮花、遙遠黑暗中的一切——現在突然變得溫暖而鮮活，就站在他面前。水流湧過他，巨大的探照燈掃過又熄滅——接著，他聽到另一個聲音在說話，那不是米娜的聲音。

「我們很抱歉，」那聲音說，「我們只是跟著一輛卡車從大門進來。」

四周慢慢聚集人群——水電工、道具師、卡車司機，羅比則像牧羊犬一樣開始驅散人群。

「……把大泵接到四號攝影棚的水箱……用鋼纜把這個頭纏住……用幾根兩吋四吋的木條讓它浮起來……先把叢林裡的水排掉，拜託……把那條大的A號管放下來……那些東西都是塑膠的……」

斯塔爾站在原地，目送兩名女子跟著警察走到出口的大門。他試探地邁出一步，想看看雙腿的虛弱感是否已經消失。一輛大曳引機砰咚砰咚駛過泥濘的地面，男人們開始從他身邊川流而過——每個人都會看他一眼，微笑說道：「你好，蒙羅……你好，斯塔爾先生……今晚真是個潮濕之夜，斯塔爾先生……蒙羅……蒙羅……斯塔爾……斯塔爾……斯塔爾。」

他邊說話邊揮手回應，人潮在黑暗中湧動。他的模樣看上去就像國王與老護衛隊。這個世界上，無論哪裡都有自己的英雄，而斯塔爾就是這裡的英雄。這些人多數在這裡工作了大半輩子——經歷了無聲電影的產業初期、有聲電影到來，以及三年經濟大蕭條的鉅變，他確保了他們生活安穩。如今舊時代的忠誠開始動搖，他的缺點也冒了出來；即便如此，他仍是他們的領袖，是最後的王。他們的問候如同一種低聲的歡呼，隨著人潮而至。

第三章

從回家的那個晚上到地震發生期間，我發現了好多事。

例如我父親。我愛父親，那種愛就像不規則的圖表，起起伏伏——但我開始意識到他強硬的意志並不代表他就是個強人。他的成就大多來自精明算計，憑藉著運氣和精明，他取得一個當時生意興隆的馬戲團四分之一的股份，並且和年輕的斯塔爾共有，這是他費盡心力得來的——那之後他就只靠本能在賺錢。當然，他很擅長華爾街那套真假難辨的投資客說辭，那讓他可以神祕地談論電影拍攝，但他其實連配音跟剪輯的基礎都不懂。他在巴利希根當酒吧服務生時，根本也不懂美國，他對故事的理解力大概就是推銷員的水平。不過，好歹他不像某些人患有精神隱疾；每天中午前他就會進辦公室，並發揮像他肌肉般發達的疑心，任何事情都難以瞞過他。

斯塔爾是他的好運——跟他是完全不同的人。斯塔爾是電影產業的標竿性人物，就像愛迪生、盧米埃兄弟、格里菲斯和卓別林。他將電影提升到超越劇院所能展現和影響的，讓電影在審查制度出現前來到黃金時代。

斯塔爾的領導能力從他安排人監督各種事物就能得證——他不僅藉此取得內部消息和專利技術，也敏銳地蒐集情報、關心潮流、對未來趨勢做出判斷。這些事耗費他許多精力，使他的工作有一部分變得隱密，時常顯得迂迴、緩慢——就像將軍的軍事謀劃那樣難以描述，其中的心理因素過於微妙，最終也只能透過成敗的總和來評估。但我決心要讓你們一窺其中的運作，這就是我為什麼要寫以下的內容。裡面部分取材自我大學時代所寫的論文《製片人的一天》，部分來自於我的想像。那些尋常的事是我自己的勾勒想像，奇特的部分則都是真實發生的。

水災過後的第二天清晨，有個男人爬上總部大樓外的陽台，目擊者說男人在那裡逗留了一陣子才爬上鐵欄杆，摔到人行道時頭還朝下，最後摔斷一隻胳膊。斯塔爾的秘書杜蘭小姐在他九點按鈴叫她時，報告了此事。他在辦公室裡睡著了，沒聽到這波騷動。

「皮特．札夫拉斯！」斯塔爾驚呼，「——是那個攝影師？」

「他們把他送去醫療診所了，這件事不會上報。」

「真夠嗆的，」他說，「我知道他在走下坡——但不知道會變成這樣。兩年前聘他時他還好好的——為什麼他會來這裡？他怎麼進來的？」

凱瑟琳·杜蘭說：「他用以前的員工證混進來的。」杜蘭是個乾瘦的女人，她先生在這裡當助理導演。「也許跟地震有關。」

「他曾是這裡最好的攝影師。」斯塔爾嘆道。即使他後來知道了長灘有數百人在地震中喪生，但讓他心神不寧的還是清晨那場自殺未遂事件。他要杜蘭調查此事。

第一批留話機的留言隨著溫暖的清晨到來。斯塔爾邊刮鬍子、喝咖啡，邊聽留言邊回答。羅比留下一條訊息：「如果斯塔爾先生找我，跟他說去他的，我在床上。」有個演員生病了，也可能只是自稱病號；加州州長要帶一群人過來；有一位片場主管因為電影拷貝的事毆打了妻子，必須「降職去做編劇」——這三件事是我父親的工作職責，除非那個演員與斯塔爾有簽私人合約。然後加拿大的拍攝地點提前下雪了，偏偏劇組已經抵達——斯塔爾很快考量有沒有可能挽救，但依據電影劇情，這事沒法解決。斯塔爾打電話給凱瑟琳·杜蘭。

「我想和昨天晚上把那兩個女人請出片場的警察說話。他的名字應該叫馬隆。」

「好的，斯塔爾先生。我還有喬·懷曼在線上——關於褲子的。」

「你好，喬，」斯塔爾說，「聽著——有兩個人在試映後投訴，說摩根那個角色的褲子拉鍊在半部電影裡都沒拉好……當然，他們說得有點誇張，但就算只是十英呎膠卷幾秒鐘的長度……不，我們找不到那兩個投訴者了，我要你把那部電影一遍遍重放，直到找出那段畫面。找人一起看——總有人能發現。」

> 一切都會過去——包括偉大的藝術，
> 唯有孤獨是永恆的。

「還有丹麥來的王子，」凱瑟琳．杜蘭報告，「他非常英俊。」她忍不住隨口補充：「對一個高個子來說。」

「謝謝，」斯塔爾說，「謝謝你的補充，凱瑟琳，我很高興我還是片場裡最英俊的矮個子男人。把那位王子送來片場，告訴他一點鐘跟我一起去吃午飯。」

「還有喬治．博克斯利先生——他看起來非常憤怒，典型的英國式憤怒。」

「我會去見他十分鐘。」

她走出去時，他問：「羅比有來電嗎？」

「沒有。」

「給音效部門打電話，如果找到他，也打給他問一下，看他昨晚有沒有聽到那兩個女人的名字，任何一個都可以。或是有沒有線索可以找到她們。」

「還有其他事嗎？」

「沒有，對了，告訴他趁還記得的時候回覆我，這很重要。她們是什麼人、哪一種人——問他這個。我是說她們……」

她等著，頭也不抬地在記事本上記下這些話。

「嗯，她們……有沒有問題？她們是電影圈的人嗎？算了，不用管這個。只要問他知不知道怎麼找到她們。」

那個叫馬隆的警察根本一無所知，當然，他知道自己趕走了兩個女人，其中一個還生氣了。問他哪一個？他說其中一個。她們有輛車，一輛雪佛蘭，他說想過要記下車牌。是——是那個好看的生氣了嗎？其中一個。

不知道哪個——他什麼都不知道。即便在片場這裡，米娜也被遺忘了。三年過去。就這樣被淡忘了。

斯塔爾對喬治．博克斯利微笑著，這是他年輕時就練就的一種慈父般的微笑，當他還是那個剛被推到高位的年輕人時，便開始了這種微笑。最初，這種微笑是對長輩表示尊敬，但隨著他的判斷開始取代長輩們的決策，這種微笑便成了不讓長輩感覺被冒犯的手段——最終成了真正的微笑，一種善意的微笑——即使有時匆忙或疲憊，但那一抹微笑總是存在——只要對方在過去一小時內沒有惹怒他，或者他不打算直接冒犯某人。

博克斯利先生沒有回以微笑。他走進來時，彷彿是被粗暴地拽來的，儘管顯然沒有人碰他。他站在一把椅子前，然後像是被兩個看不見的人抓住胳膊強行按到椅子上。他陰鬱地坐在那裡，即使斯塔爾盛情地為他點菸，也感覺那火柴是由他不屑控制的外力所點燃的。

斯塔爾禮貌地看著他。

「有什麼不順心的事嗎，博克斯利先生？」

這位小說家沉默地狠狠回視他。

「我讀了你的信。」斯塔爾說，愉快的年輕校長語氣消失了，他以平等的語氣說，略帶著加倍尊重。

「我寫不出真正想寫的，」博克斯利爆發出來，「你們一直對我很好，但這就像一種陰謀。你找來的那兩個無聊的編劇好像會聽我的，但他們把故事毀了——他們永遠只會那一百個單字。」

「那你為什麼不自己寫呢？」斯塔爾問。

「我寫了。我寄了一些給你。」

「你寫的只是對話，來來回回的，」斯塔爾溫和地說，「那些對話挺有趣，但也僅此而已。」

此刻，博克斯利像是被兩個看不見的人按著、深陷座椅中，他掙扎著想站起來，並發出一陣短促笑聲，這笑聲與愉悅無關，然後他說：

「我不覺得你們有看懂。那些男人說話時正在決鬥。最後，其中一人掉進井裡，還得用桶子拉他上來。」

他再次發出一聲短促的笑聲，然後平靜下來。

「你會在自己的書裡寫這個嗎？博克斯利先生。」

「什麼？當然不會。」

「你覺得這太低俗了？」

「電影需要的故事標準不同。」博克斯利含糊地說。

「你經常看電影嗎？」

「沒有——我不太看。」

「是不是因為電影裡總有人在決鬥，然後掉進井裡？」

「是——而且他們還會表情扭曲，說些誇張不自然的台詞。」

「先不管台詞，」斯塔爾說，「你的台詞確實比那群無聊的編劇寫得更優雅——這就是我們找你來的原因。但讓我們來想像一些沒有糟糕台詞，也沒有掉進井裡的故事情節。你辦公室裡有沒有暖爐？」

「好像有，」博克斯利硬生生地說，「——但我從來不用。」

「假設你在辦公室裡，一整天都在戰鬥或寫作，現在累得無法再寫了，你坐在那裡發呆——我們都有無精打采的時候。這時，一個你見過的漂亮速記員走進來，你漫不經心地看著她，雖然你們距離很近，但她沒看你，她脫下手套，打開皮包，把裡面的東西倒在桌子上……」

斯塔爾站起來，把鑰匙串丟在桌子上。

「她有兩個十美分硬幣和一個五美分硬幣——還有個火柴盒。她把五美分留在桌上，把兩個十美分硬幣放回包裡，然後拿著黑手套走向爐子，打開爐子把手套扔進去。火柴盒裡只有一根火柴，她跪在爐子旁準備點火，接著窗外吹來一陣強風——就在這時，電話響了。女孩拿起電話，說了聲喂——然後聽了一會兒，故意對著電話說：『我這輩子從沒有過一雙黑手套。』然後她掛了電話，又跪到爐子旁。就在她點燃火柴時，突然你四下環顧，發現辦公室裡還有另外一個男人，正看著她的一舉一動……」

斯塔爾說到這裡停了下來，拾起鑰匙，放進口袋。

「然後呢，」博克斯利微笑著說，「後來怎麼了？」

「不知道，」斯塔爾說，「我只是在寫腳本。」

博克斯利覺得自己被作弄了。

「這就是誇張的通俗劇。」他說。

「不一樣吧，」斯塔爾說，「至少裡面沒有人激烈打鬥，也沒有低俗的對白，甚至連誇張的臉部表情都沒有。只有一句不太好的台詞，而像你這樣的編劇可以改變它。你開始有興趣了。」

「那個五美分是幹什麼用的？」博克斯利閃避地問。

「不知道。」斯塔爾說，然後突然笑了，「喔，我想起來了，五美分是為了買電影票。」

此刻，那兩個看不見的人似乎鬆開了博克斯利，他輕鬆地靠著椅背笑了起來。

「你到底為什麼要付我薪水？」他問，「我完全不懂這該死的東西。」

「你會懂的，」斯塔爾咧嘴笑著，「否則你不會問五美分要做什麼。」

他們走出辦公室時，外頭已經有個睜大黑眼的男人在等著。

「博克斯利先生，這是邁克．范．戴克先生，」斯塔爾說，「怎麼了，邁克？」

「沒什麼，」邁克說，「我只是來看看你是不是還活著。」

「你為什麼都不好好幹活？」斯塔爾說，「我好幾天沒在看樣片時笑過了。」

「我怕會精神崩潰。」

「你應該維持這個狀態，」斯塔爾說，「來吧，展示一下你的本事。」他轉向博克斯利。「邁克是個喜劇演員——我還不會走路時，他就在這裡工作了。邁克，給博克斯利先生表演個整套展翅飛、抓地、踢腿和急跑吧。」

「在這裡？」邁克問。

「對。」

「這地方不夠大。我其實是想問你點事——」

「夠大了。」

「好吧，」他猶豫地環顧了一下四周，「你來喊開始。」

杜蘭小姐的助手凱蒂拿了一個紙袋，吹鼓起來。

「這是個固定橋段，」邁克對博克斯利說，「——當年在基石影業時代的段子。」他轉向斯塔爾，「他知道什麼是固定橋段嗎？」

「就是個表演，」斯塔爾解釋道，「喬治・傑西爾談到林肯的蓋茲堡演說時也是這麼說的。」

凱蒂把鼓起的紙袋口放到嘴邊，邁克背對著她站著。

「準備好了嗎？」凱蒂問，雙手拍打袋子。

邁克立刻雙手抓住屁股，跳了起來，雙腳依次在地板上滑動，保持在原地像鳥一樣拍了兩下手臂。

「展翅飛。」斯塔爾說。

接著邁克跑出門外，辦公室有個男孩替他拉開門，然後他就從陽台消失了。

「斯塔爾先生，」杜蘭小姐說，「漢森先生從紐約來電。」

十分鐘後，他打開留話機，杜蘭小姐又進來，說外面有個男星等著見他。

「告訴他我從陽台出去了。」斯塔爾對她說。

「好。但他這個星期已經來四次了，看上去非常焦慮。」

「他有暗示要做什麼嗎？不能去找布雷迪先生？」

「他沒說。你等等馬上有個會議，梅洛尼小姐和懷特先生已經在外面。布羅卡先生在隔壁雷蒙德的辦公室。」

「讓……他進來，」斯塔爾說，「告訴他我只有一分鐘。」

英俊演員走進來時，斯塔爾還站著。

「有什麼事情不能等嗎？」他愉快地問道。

演員等杜蘭小姐出去後，小心翼翼地開口。

「蒙羅，我完了，」他說，「我必須見你。」

「完了？」斯塔爾說，「你看了《綜藝》雜誌的報導嗎？你的電影在洛克西影院加映，上週在芝加哥賺了三萬七千美元。」

「這是最糟的。這真的很可悲，我得到了想要的，但一切卻變得毫無意義。」

「喔，你說說看怎麼回事。」

「我和埃絲特之間什麼都沒有了，也不可能再有了。」

「吵架了？」

「喔，不——更糟糕——我簡直不敢提。我的腦袋一片混亂。我像瘋了一樣四處遊蕩。演戲時我就像在夢遊。」

「我倒是沒注意到，」斯塔爾說，「你昨天拍的樣片看起來很棒。」

「是嗎？這只是說明了沒人能看清楚真相。」

「你是想告訴我，你和埃絲特要分手了？」

「恐怕真會走到那一步。是的，不可避免地——會那樣。」

「到底是怎麼回事？」斯塔爾不耐煩地問，「她撞見你跟別人在一起嗎？」

「喔，沒有別人。只是……我，完了。」

斯塔爾突然明白了。

「你怎麼知道？」

「已經六個星期了。」

「這只是你的想像，」斯塔爾說，「你去看過醫生嗎？」

演員點了點頭。

「我都試過了。有一天，出於絕望，我甚至去了——克拉莉斯那裡。但沒有用，我徹底完了。」

斯塔爾有股衝動想慫恿他這種事得去找布雷迪，布雷迪就是負責公關的，還是說這算私人交際？他轉過身，整理了表情，再次面對他。

「我已經找過派特．布雷迪了，」演員好像猜到了他的想法似的，「他給了我一堆建議，我全都試了，但沒有用。和埃絲特面對面坐在餐桌前時，我甚至怕看著她。她倒是很大度，是我自己覺得羞愧，整天都很羞愧。《雨天》上映後在德梅因就有兩萬五千票房，破了聖路易所有紀錄，在堪薩斯也賣到兩萬七千。粉絲寄來的信一夕暴增，我卻害怕回家、害怕上床。」

斯塔爾開始感到煩悶。他剛走進來時，斯塔爾還打算邀請他參加雞尾酒會，現在這種情況顯然不太合適。懷著這種心事，參加雞尾酒會又能做什麼？他的腦海浮現端著雞尾酒，憂心忡忡地在賓客間徘徊的男子身影，偏偏此時他的票房衝到了兩萬七千。

「所以我來找你，蒙羅，什麼問題你都能解決。我對自己說，即使蒙羅建議我去自殺，我也會聽他的。」

斯塔爾桌上的呼叫器響起，他打開擴音，杜蘭小姐的聲音傳來：

「還有五分鐘，斯塔爾先生。」

「抱歉，」斯塔爾說，「這邊還需要幾分鐘。」

「有五百個女孩從高中走來我家，」演員憂鬱地說，「我卻只能躲在窗簾後面偷看她們，因為我不敢出去。」

「你坐下，」斯塔爾說，「我們慢慢談，仔細聊。」

辦公室外頭，會議組的兩名成員已經等了十分鐘——韋利・懷特和簡・梅洛尼。後者是個乾瘦的五十歲金髮女人，關於她，好萊塢有各式各樣的評論——「多愁善感的傻瓜」、「好萊塢最懂劇情結構的編劇」、「老手」、「老套的寫手」、「片場最聰明的女人」、「圈子裡最狡猾的抄襲者」。此外，她還被形容為「慾求不滿」、「處女」、「隨便的人」、「同性戀者」、「忠實的妻子」。雖然她不是老處女，但就如同大多數自力更生的女人一樣，帶點老處女的氣質。她有胃潰瘍，年薪超過十萬美元。關於這點，可能得用一篇不算短的論文才能好好討論她是否「值這個價」，或者值更多，也可能一文不值。她的價值在於一些普通的優勢，比如是女人、適應力強、反應迅速、值得信賴、「懂規則」且不自負。她曾是米娜的好朋友，多年來斯塔爾都設法壓抑住對她的某種強烈生理反感。

她和韋利靜靜等著，偶爾和杜蘭小姐說句話。每隔幾分鐘，雷蒙德就從辦公室打電話來，因為他和導演布羅卡也在等著。十分鐘後，斯塔爾的按鈕亮了，杜蘭小姐通知雷蒙德和布羅卡；與此同時，演員跟著斯塔爾從辦公室出來，斯塔爾抓著他的胳膊，因為情緒太緊繃，當韋利．懷特向他問好，他一張口就想傾吐。

「喔，我覺得糟透了。」

斯塔爾厲聲打斷了他，「不，你沒有。現在你得按照我說的，去完成這個角色。」

「謝謝你，蒙羅。」

簡．梅洛尼一言不發地看著他離開。

「有人在他身上抓蒼蠅了嗎？」她問道，這話在電影圈指的就是搶戲。

「很抱歉，讓你們久等了，」斯塔爾說，「進來吧。」

時間已來到中午，參與會議的人有權得到整整一個小時的斯塔爾時間，不能少於這個時間，這種會議只有在導演的拍攝被耽擱時才會中斷；但也很少超過一小時，因為公司每八天就必須推出一部像萊因哈特的《奇跡》那樣繁複且製作費高昂的作品。

五年前的斯塔爾，有時會為了一部片徹夜工作，這樣拚命會讓他連續好幾天不舒服。不過如果能從一個問題換成另一個，他的活力就會在轉換中重新煥發。他就像那些能隨叫隨醒的人一樣，早就把心理時鐘調成每小時一個循環。

與會的人除了編劇外，還有雷蒙德——高層最喜歡的製片主管之一，以及電影導演約翰·布羅卡。

表面看來，布羅卡完全是個技術人員——身材高大，情緒平穩，堅定且受歡迎。但其實他相當無知，斯塔爾發現他老是拍攝相同的場景——他每部電影都會有關於富家女的場景，動作和橋段都一樣。一群大型狗跑進房間，在女孩周圍跳來跳去，之後女孩會去馬廄拍拍馬臀。這大概不能用佛洛伊德的解釋法，比較像是他在灰暗的青春期曾透過籬笆看過一個美麗的女孩和狗、馬在一起。這個場景就這樣成了魅力指標，永遠烙印在他腦海中。

雷蒙德是個英俊年輕的機會主義者，受過良好的教育。他本來是個頗有品格的人，但因為所處地位尷尬，每天都被迫採取迂迴的方式行事和思考，現在已經成了「壞人」，至少就世俗標準而言。三十歲時，他沒有任何美國紳士或猶太人會予以讚賞的美德，不過他的電影都能按時完成，加上他對斯塔爾表現出如同志般的迷戀，以至於削弱了斯塔爾一貫的敏銳。斯塔爾喜歡他——認為他是個全面發展的好人。

韋利．懷特則是那種在任何國家都能被看出來的二流知識份子。文明健談、單純也機敏，半帶著迷惘半帶著憂鬱，偶爾會不經意地流露出對斯塔爾的嫉妒，其中也摻雜著欽佩甚至喜愛。

「這部電影的開拍日訂在兩週後的星期六，」斯塔爾說，「劇本基本上沒問題——改進了很多。」

雷蒙德和兩位編劇交換充滿祝賀的眼神。

「除了一個問題，」斯塔爾若有所思地說，「我不明白為什麼要拍這部電影，所以我決定擱置拍攝計畫。」

片刻震驚的沉默之後，出現了抗議和質疑的低語聲。

「這不是你們的錯，」斯塔爾說，「我以為裡頭會出現有意思的東西，實際上卻沒有——就是這樣。」他猶豫了一下，遺憾地看向雷蒙德，「真可惜——這是個好劇本。我們為此付了五萬美元。」

「問題出在哪裡，蒙羅？」布羅卡直截了當地問。

「這其實沒有深入討論的必要。」斯塔爾說。

雷蒙德和韋利·懷特都在盤算著這件事對自己職業生涯的影響。雷蒙德今年已經有兩部電影在手——但韋利·懷特需要一個作品重回舞台。簡·梅洛尼則用那雙骷髏般的小眼睛緊盯著斯塔爾。

「說清楚一點，」雷蒙德說，「這對我們來說是個不小的打擊，蒙羅。」

「我沒辦法讓瑪格麗特·蘇利文參演此片，」斯塔爾說，「也不會讓科爾曼來演。我不會建議他們接演這部電影。」

「說得具體一點，蒙羅，」韋利·懷特懇求，「你不喜歡什麼？場景？對話？幽默？還是結構？」

斯塔爾從桌上拿起劇本，再讓它掉到地上，就像是太重了似的。

「我不喜歡這些角色，」他說，「我不想認識他們——如果我知道他們會在哪裡出現，我就不會去。」

雷蒙德笑了笑，眼神卻流露擔憂。

「嗯，這樣批評真的很狠，」他說，「我倒覺得這些角色挺有意思的。」

「我也覺得，」布羅卡說，「安瑪很讓人同情。」

「真的嗎？」斯塔爾尖銳地問，「我幾乎不敢相信她還活著。讀到最後，我還問自己：然後呢？」

「一定有辦法補救，」雷蒙德說，「雖然現在覺得不夠好，但這是我們之前都同意的劇本結構。」

「根本不是那回事，」斯塔爾說，「我告訴過你們很多次了，首先要考量的就是要拍哪種故事，其他一切都可以改，但一旦故事型態確定了，就必須在每一行對白和每一個動作中朝這個方向努力。你們給的不是我要的那種故事。我們會投資的故事必須充滿光彩和希望——一個快樂的故事。現在這個充滿了疑慮和猶豫。男女主角因為一點小事就不愛對方，又因為一點小事就重新開始。看完第一幕，你根本不關心她會不會再見到他，反過來也一樣。」

「是我的錯，」韋利突然改口說，「蒙羅，那這樣，速記員不要再像一九二九年那樣盲目地崇拜老闆，她們會被解雇、會發現老闆很焦躁。世界不一樣了，改成這樣。」

斯塔爾不耐煩地看他一眼，很快地點了頭。

「我說的不是這個，」他說，「這故事的設定的確是女孩對老闆盲目崇拜，如果用你的話來說。而且沒有任何跡象顯示老闆焦躁不安，當你讓她不管是什麼原因對他懷有疑慮時，你就創造了另一個完全不同的故事，或者說你就什麼故事都沒有了。這些人物是鮮明的——記住這一點——我希望他們在整個故事中鮮明。如果我想拍的是尤金·歐尼爾寫的那種劇本，我會去買一個。」

簡·梅洛尼一直沒把目光從斯塔爾身上移開，她知道接下來會沒事，如果他真的打算放棄，就不會這樣處理。她比在場的其他人都更早進這一行，除了布羅卡——二十年前，她曾與布羅卡有過三天的露水情緣。

斯塔爾轉向雷蒙德。

「萊尼，你應該從選角就明白我想要的是什麼樣的電影。一開始我邊看劇本還邊標記卡羅爾和麥克墨非不能說的台詞，後來就覺得煩了。記住這點——如果我訂了一輛豪華轎車，我想要的就是那種車，就算你給我最快的小型賽車也不行。現在——」他環顧四周，「——還要繼續說嗎？我已經告訴你們我甚至不喜歡這種電影了，還需要繼續說嗎？我們還有兩週的時間，到時候，我要讓卡羅爾和麥克墨非接拍這部電影或是其他部——你們覺得我值得等嗎？」

「嗯，當然值得，」雷蒙德說，「很抱歉，我應該提醒韋利的，我以為他已經有主意。」

「蒙羅是對的，」布羅卡直截了當地說，「我也覺得故事這樣不對，但我說不出來哪裡不對。」

韋利和簡輕蔑地看向他，彼此交換了一個眼神。

「你們這些編劇覺得自己還能想出新東西嗎？」斯塔爾不無善意地問，「還是我該試試新人？」

「我想再試一次，」韋利說。

「你呢，簡？」

她簡短地點了點頭。

「你覺得那個女主角怎麼樣？」斯塔爾問。

「嗯——當然，我對她有偏袒。」

「你最好忘了她，」斯塔爾警告道，「如果她出現在銀幕上，一千萬個美國人會對她比出朝下的大拇指。我們有一個小時二十五分鐘的時間看著銀幕——如果你讓一個女人在電影裡有三分之一的時間對男人不忠，你就會給人一種這個人有三分之一都很輕浮的印象。」

「那樣算很多嗎？」簡狡黠地問，大家都笑了。

「對我來說是的，」斯塔爾若有所思地說，「即使對海斯特來說不是。如果你是想在她身上畫紅字，那沒問題，但那是另一個故事，不是這個故事。這是個講未來的妻子和母親的故事。不過——**不過呢**——」

他用鉛筆指著韋利．懷特。

「——這個角色的熱情就像我桌上的那座奧斯卡獎盃一樣小。」

「說什麼！」韋利說，「她充滿了熱情，不然她為什麼去——」

「她很隨便，」斯塔爾說，「就是這樣。劇本裡有場戲，比你們編出來的其他東西都好，但你們卻把它刪了。就是她試著調整手錶打發時間的那幕。」

「那個後來看起來不合適。」韋利抱歉地說。

「現在，」斯塔爾說，「我還有大約五十個想法，但我得叫杜蘭小姐來了。」說著他就按下按鈕。「……如果還有什麼不明白的地方，請儘管提出來。」

杜蘭小姐幾乎是無聲地走進來，斯塔爾開始來回踱步。一開始，他是想告訴他們這個女主角該是什麼樣的——他認可的女孩類型，一個完美的女孩，帶著些許小缺點，就像劇本寫的，但她的完美並非取決於觀眾的喜好，而是取決於斯塔爾喜歡在這類電影中看到什麼。這樣夠清楚了嗎？這根本不是一個角色。她代表著健康、活力、抱負和愛。這齣戲之所以重要，完全是因為她所處的情境。她有一個將影響眾人生命的祕密。在故事裡，她有兩條路可以選，正確的跟錯誤的——起初她不知道該怎麼辦，等她弄明白後，她會立刻做出正確的決定。這就是這個故事的核心——簡單、乾淨、光輝。沒有疑問。

「她從沒聽過勞資糾紛這個詞，」他嘆了口氣，又說：「她就像是活在一九二九年的女孩。這樣你們明白我要的是什麼樣的女孩了嗎？」

「非常清楚，蒙羅。」

「以現在她採取的行動來說，」斯塔爾接著說，「無論何時，只要她出現在鏡頭前，每個動作都會跟『想和肯．威拉德上床』有關。這樣清楚了嗎，韋利？」

「非常清楚。」

「無論她做什麼，都是想和肯．威拉德上床的一部分。她走在街上，是為了去找肯．威拉德；她吃飯，是為了積攢力量和肯．威拉德上床。但是你絕對不能讓人覺得她會在沒有得到正式祝福的情況下考慮和肯．威拉德發生關係。不得不說明這些像幼兒園常識的事，讓我很羞愧，但你們寫的故事都漏掉這些細節了。」

他打開劇本，一頁頁地檢查。杜蘭小姐正在做筆記，這些最後會被整理打字印出來五份發給大家，簡·梅洛尼自己也做了紀錄，布羅卡則用手捂住半閉的眼睛——他想起自己當導演時曾有過的輝煌時刻，那時候的編劇不過是幫忙編寫醉漢笑料的人，或是些羞怯卻渴望成功的年輕記者，導演才是一切的核心。那時候還沒有監製這種角色——更沒有斯塔爾這個人。

聽到自己的名字，他突然清醒過來。

「如果你能把男孩放在一個尖的屋頂，讓他在上面走動，同時讓鏡頭始終跟著他，那會很不錯，」斯塔爾說，「這樣一來你可能會拍到一種很好的氛圍——不是危險，不是懸念，也不是為了特意突顯什麼——只是一個孩子清晨在屋頂上的畫面。」

布羅卡回到現實中。

「好吧，」他說，「——加點危險元素。」

「不是那樣，」斯塔爾糾正他，「他不會從屋頂上摔下來，而是切換到下一個場景。」

「可以用窗戶，」簡·梅洛尼建議，「他可以爬進姊姊的窗戶。」

「這是個不錯的過場，」斯塔爾說，「然後直接進入寫日記的場景。」

布羅卡現在完全清醒了。

「我會從低角度拍他，」他說，「讓他離鏡頭越來越遠。鏡頭固定在一個遠景——讓他離鏡頭越來越遠，不要跟拍他的動作，專注拍屋頂和天空。」他喜歡這個鏡頭——這是個導演的鏡頭，不是現在的劇本能有的那種。他可能會使用起重機——這比在地上搭建屋頂並做一個特效天空省錢。這就是斯塔爾的特點——實際的天空才是最佳選擇。他與猶太人共事多年，不會相信那些指稱他們用錢吝嗇的傳言。

「到第三場戲時，讓他打牧師。」斯塔爾說。

「什麼！」韋利驚道，「然後讓天主教徒來找我們麻煩嗎？」

「我和喬．布林談過了。牧師被打是有可能的，這不會對他們造成負面影響。」

他繼續穩著聲音說——直到杜蘭小姐瞥了一眼時鐘，他才突然停下。

「這些事情在週一前能完成嗎？」他問韋利。

韋利看向簡，簡也看向他，兩人連點頭的力氣都沒了。他看到自己的週末化為泡影，但他跟剛進入這個房間時的自己判若兩人。當你每週薪水高達一千五百美元時，你絕不會敷衍緊急的工作，更何況這牽涉到你的影片拍不拍得成。作為一個「自由業」編劇，韋利曾因不夠投入而失敗，但現在斯塔爾為他們所有人傾注了熱情。這種影響不會在他離開辦公室就消散——它滲透進這個工作場所裡的每一處。他感到一種巨大的使命感。斯塔爾剛剛陳述的那種常識、敏銳的感性、戲劇的獨創性，以及一種略帶天真的公共福利觀念，激勵著他去完成自己那部分的工作，把屬於自己的那塊石頭放置到位，即使努力注定失敗，即使結果可能就像金字塔一樣單調無趣。

簡．梅洛尼從窗戶看出去，人流正緩緩地朝餐廳移動。她打算在辦公室吃午餐，順便織幾排毛線，等到差不多下午一點十五分，會有人帶從墨西哥邊境偷渡過來的法國香水。這算不上犯罪——就像在禁酒令時期喝酒一樣。

布羅卡看著雷蒙德對斯塔爾的諂媚，預感雷蒙德會步步高昇。他每週拿七百五十美元，負責一些導演、編劇和演戲的工作，而他們的薪水都比他高得多。雷蒙德穿的是廉價的英國鞋，在比佛利的威爾榭附近買的，布羅卡希望這雙鞋讓他的腳不舒服，不過他很快就能從皮爾訂購鞋子並收起他那頂帶羽毛的綠色阿爾卑斯小帽子。布羅卡比他超前了好幾年。他在這些戰鬥中表現出色，但自從他讓艾克．富蘭克林打了自己一巴掌之後，就對自己從未完全釋懷。

房裡菸霧瀰漫，斯塔爾坐在大辦公桌後，彬彬有禮地逐漸抽離，同時聽著雷蒙德和杜蘭小姐的發言。會議結束了。

斯塔爾這時間本來應該要接待丹麥王子阿格，因為王子「想從頭了解整部電影」，劇作家在人物表中把他描寫成「早期法西斯份子」。

「馬庫斯先生從紐約來電。」杜蘭小姐說。

「什麼意思？」斯塔爾疑惑地問，「他為什麼來電？我昨晚才在這裡見過他。」

「嗯，他在電話上——從紐約打來的，賈伯斯小姐接的線，從他辦公室打來的。」

斯塔爾笑了。

「我要和他一起午餐，」他說，「沒有飛機能快到讓他這樣來回紐約。」

杜蘭小姐回去接電話，斯塔爾等了一會兒，想知道究竟怎麼回事。

「沒事了，」不久，杜蘭小姐解釋：「是個誤會。馬庫斯先生今天早上給東岸那邊打了電話，告訴他們片場後方遭到地震和水災，他好像要他們來問你這件事。是個新秘書，她沒弄懂馬庫斯先生的意思。我想她被搞糊塗了。」

「我想也是。」斯塔爾冷冷地說。

阿格王子完全聽不懂他們的談話，卻在想尋覓傳奇的心境下，感覺這似乎就是某種極具美國色彩的傳奇。馬庫斯先生的辦公室就在對面，他打電話到紐約辦公室詢問斯塔爾處理水災的情況。王子自己幻想箇中複雜的聯繫，卻沒意識到這一切都是發生在馬庫斯先生那一度敏銳、如今已開始慢慢衰退的腦袋裡。

「果然是全新的秘書，」斯塔爾說，「還有其他消息嗎？」

「羅賓遜先生來電，」杜蘭小姐說，就在斯塔爾準備前往餐廳時，「他說有個女人提過自己的名字，但他忘了——可能是叫史密斯、布朗或者瓊斯。」

「這些真的很有用。」

「他記得她說她才剛搬來洛杉磯。」

「我記得她戴著一條銀腰帶，上面有鏤空的星星圖案。」

「我還在試圖了解更多關於皮特．札夫拉斯的事。我和他妻子聊過。」

「她怎麼說？」

「喔，他們過得很糟——已經放棄房子——她病了……」

「他的眼睛沒救了嗎？」

「她似乎完全不知道他眼睛有狀況，甚至不知道他早晚會瞎。」

「這真奇怪……」

去午餐的路上，斯塔爾想起了這件事，但這和今天上午演員的問題一樣讓他困惑，他似乎不太擅長處理跟健康有關的問題——更沒想過自己的健康。到了餐廳旁的小路，他後退一步讓一輛載滿穿著英國攝政時代明亮戲服的女孩們的敞篷電動車駛過。女孩們的衣服在風中飄動，化了妝的年輕臉龐好奇地打量著他，他微笑目送電動車駛過。

十一位男士和他們的客人阿格王子一起坐在片場餐廳的私人包廂共進午餐。他們是來投資的資本家——有權勢的人。如果沒有客人在場，他們通常會默默吃飯，偶爾問候彼此的妻兒或傾訴腦中揮之不去的念頭。十個人裡有八個是猶太人——其中五人在海外出生，包括一位希臘人及一位英國人。他們彼此認識已久，自成圈子，從年長的馬庫斯到老李恩鮑姆，後者因為買入公司最幸運的一批股票而有名，但每年的製作預算從未被允許超過一百萬美元。

年邁的馬庫斯仍然有著令人不安的活力，他那從未衰退的本能提醒他要注意危險和對他的聯合攻擊——當別人認為他被困住時，他反而變得最有威脅性。他灰白的臉龐已經如此僵硬，以至於那些擅於觀察他眼角微妙變化的人都無法再看出端倪。他臉上自然生長的一小撮白鬚遮掩住表情，讓他的盔甲有了完整的保護力。

馬庫斯是最年長的，斯塔爾則是最年輕的——兩人年紀其實差距不大，但斯塔爾第一次與這些人同桌時是個才二十二歲的天才。當時，他是資本家中的資本家，能以令人驚嘆的速度和精準度在腦中算出成本——這個能力令其他人欽佩不已。猶太人儘管在金融領域的天賦聲名遠播，但多數人並非真正的奇才，甚至算不上專家。他們的成功源於各自不同且不相容的特質，但群體的傳統會推動那些不夠優秀的人，他們心滿意足地看著斯塔爾處理複雜的審計工作，感受那宛如是自己所完成的虛榮感，就像足球比賽的支持者一樣。

我們稍後將見到斯塔爾本人已經不再依賴這種天賦，儘管他仍具備這能力。

阿格王子坐在斯塔爾和公司律師莫特．佛來夏之間。對面則是電影院老闆喬．波波洛斯，他對猶太人懷有模糊但普遍的敵意，並試圖克服這一點。曾在外籍軍隊服役、經歷過動盪的他，覺得猶太人過於愛惜自己，但他也承認，不同環境下的美國猶太人可能會不同，斯塔爾顯然就是一個全面且傑出的人，至於其他人——他認為大多數商人都很乏味——而最終他總會歸結到他的血脈中流淌的瑞典伯納多特王室血統。

我的父親——我稱他為布雷迪先生，跟阿格王子對這頓午餐所做出的反應一樣——對一部電影感到擔憂。李恩鮑姆提前離席後，他就過來了，坐在對面。

「關於南美題材的電影，蒙羅，你怎麼看？」他問道。

阿格王子發現桌上出現短暫的騷動，大家突然把注意力轉向他們，像是有十二對眼睫毛一起發出拍響，然後再次陷入沉默。

「我們會繼續推進。」斯塔爾說。

「用同樣的那筆預算？」布雷迪問。

斯塔爾點點頭。

「這不合適，」布雷迪說，「現在這種時機不會有奇蹟——不會有像《地獄天使》或《賓漢》那種作品，投進去的錢能全部回收。」

這場攻防似乎是有備而來，希臘人波波洛斯口氣含糊地接過這個話題。

「蒙羅，這種題材在我們想適應現狀的情形下並不合適。那是過去繁榮時期會做的事，現在幾乎沒辦法。」

「你怎麼看，馬庫斯先生？」斯塔爾問。

所有人的目光隨之轉向桌子盡頭，馬庫斯先生彷彿早有預感，已經向身後的私人管家示意自己要起身，此時管家的手臂正環繞著他。他看著大家，露出一臉無助的表情，很難想像昨天晚上他還在和年輕的加拿大女伴共舞。

「蒙羅是我們的製片天才，」他說，「我信賴蒙羅，對他寄予厚望。我自己是沒看到水災的狀況。」

馬庫斯離開房間，現場接著陷入短暫的沉默。

「現在全國沒有任何一部電影能做到兩百萬美元總票房。」布雷迪說。

「確實沒有，」波波洛斯附和道，「即使強迫觀眾都進戲院，也達不到。」

「可能確實沒有，」斯塔爾同意地說。他停頓了一下，像是要確保所有人都在聽。「我們預計可以從全國巡演中獲得一百二十五萬美元的收入，甚至可以達到一百五十萬。國外那邊可能會再有二十五萬。」

現場再度陷入沉默，這次還帶著困惑。斯塔爾轉頭，讓服務人員用電話聯絡辦公室。

「那你的預算呢？」佛來夏問，「我聽說你的預算是一百七十五萬美元，這樣預期的收入只夠覆蓋成本，沒有利潤。」

「那不是我的預期，」斯塔爾說，「我們不確定收入能超過一百五十萬美元。」

房裡安靜得令人窒息，阿格王子甚至聽到一截菸灰從半空掉落的聲音。佛來夏臉上寫滿驚訝，似乎想說什麼，此時有人遞了一台電話到斯塔爾肩上。

「您辦公室那邊來電，斯塔爾先生。」

「喔，是的——喔，杜蘭小姐，關於札夫拉斯的事我想明白了，這都是些低劣的謠言——我敢用我的襯衫打賭……喔，你已經處理了？很好……很好。現在你只要等下午把他送去我的眼科醫生那裡——約翰．甘乃迪醫生——做個檢查，然後把報告複印一份。這樣清楚嗎？」

他掛了電話，帶著一絲激動轉向餐桌。

「你們有人聽過皮特．札夫拉斯快失明的謠言嗎？」

有人點了點頭，其他人則屏息以待，還在思考斯塔爾剛才的預算數字是不是出錯了。

「純粹胡說。他說他從沒看過眼科醫生——甚至不知道為什麼片場要排擠他，」斯塔爾說，「可能有些人不喜歡他，或者有人多嘴說了什麼，這讓他失業一年了。」

桌上響起一陣同情聲。斯塔爾簽好賬單，準備起身。

「抱歉，蒙羅，」佛來夏不肯放棄又說，布雷迪和波波洛斯注視著他。「我在這裡還算新人，也許我沒有完全聽懂你的話。你的意思是你預估這部片總收入會比預算少二十五萬美元嗎？」

「這是部高品質的電影。」斯塔爾故作天真地說。

此刻，他們全都明白了，只是覺得話中仍有玄機。斯塔爾真的認為這部電影會虧本，但沒有人願意相信這是真的。

「我們已經兩年沒有冒險了，」斯塔爾說，「現在是時候製作一部會賠錢的電影，把它當作善意的付出——這會吸引新的觀眾。」

他們之中有些人認為這只是在暗示這會是高風險但仍有利可圖的嘗試，但斯塔爾要讓他們毫無寄望。

「這部電影會虧錢，」他站起來說，微微揚起下巴，眼神帶笑，閃著光。「如果最後能夠收支平衡，那就比《地獄天使》的結果更像奇蹟。但正如布雷迪先生在學院晚宴上說過的，我們對公眾有一定的責任，將這樣一部注定賠錢的電影排入製作計畫會有好處的。」

他對阿格王子點了點頭。阿格王子迅速起身鞠躬，同時用最後一瞥的機會捕捉斯塔爾說這話對大家的影響，但他什麼也沒看出來。現場所有人的目光都沒垂下，反而都停在桌上某處，快速眨著眼，房內連低聲交談都沒有。

離開私人包廂後，他們穿過餐廳角落，阿格王子急切地四處觀看，這房裡充滿了吉普賽人、公民和士兵，還有第一帝國時代的鬢角和編織的外套。遠遠看去，這些人彷彿生活在一百年前，阿格王子不禁想，如果他和同時代的人出現在未來的某部片中，會很像臨時演員。

然後他就看到了亞伯拉罕．林肯，他的感受突然改變。他是在斯堪地納維亞社會主義的黎明中長大的，當時尼可萊的林肯傳記非常流行。他讀到的林肯是個偉人，值得崇拜，但他卻討厭他，因為這種崇拜是被強加的。可現在看著林肯坐在那裡，雙腿交叉，慈祥地面對著一份附甜點的四十美分午餐，穿著披肩以抵擋不穩定的空調，阿格王子彷彿終於來到了美國，他像個遊客看到克里姆林宮中的列寧遺體一樣，緊盯著那個人——林肯。斯塔爾已經走離很遠，只好停下來等他——阿格王子仍站在原地盯著看。

他心想，這就是他們想要成為的一切。

林肯突然拿起一塊三角派塞進嘴裡，阿格王子有點害怕，匆忙跟上斯塔爾。

「希望你能找到你想要的，」斯塔爾說，發覺自己可能低估了他。「半小時後我們會先看一些樣片，然後你就可以去片場參觀。」

「我寧願和你待在一起。」阿格王子說。

「我看看還可以做什麼安排，」斯塔爾說，「然後我們一起去。」

隨後，斯塔爾接待了日本領事，討論一部可能會冒犯日本國族情感的間諜片，之後又處理了幾通電話和電報，並從羅比那裡獲得進一步的消息。

「他記起那個女人的名字了，確定是史密斯。」杜蘭小姐說，「他問她要不要進片場換雙乾淨的鞋，她說不用——所以她不能起訴片場。」

「他記得的事還真奇妙——史密斯。這個訊息太有用了。」他想了想說，「讓電話公司查一下最近一個月內有哪些姓史密斯的人裝了新電話，然後一一打去聯繫。」

「好的。」

第四章

「你好，蒙羅。」雷德・萊丁伍德說，「很高興你能過來。」

斯塔爾走過他身邊，穿過主舞台，直接往隔天要用的布景走去。萊丁伍德導演緊跟其後，過了一會兒才意識到無論他走得多快，斯塔爾總是領先他一兩步。他看出這其中隱含的不滿——畢竟導演的專長就是洞悉表演，他不知道出了什麼事，但他是這裡最好的導演，這點事嚇不了他。以前那位高德溫干涉他，萊丁伍德乾脆慫恿他在五十個演員面前客串一角，結果一如所料，他從此重拾威信。

斯塔爾走到華麗布景前停下。

「這個景不好，」萊丁伍德說，「不管光怎麼打……」

「那你還叫我過來？」斯塔爾站在他旁邊問，「為什麼不去跟美術組商量？」

「我沒有叫你來，蒙羅。」

「你的意思是你要自己監製？」

「抱歉，蒙羅，」萊丁伍德耐心地解釋，「但不是我叫你來的。」

斯塔爾突然轉身，回頭走向攝影組。此時旁邊的人不再睜大眼或張開嘴看著女主角，而是紛紛轉頭看斯塔爾，之後又不知所以然地回頭看女主角。這群人就像是天主教的哥倫布騎士團，見過高舉聖體的儀式，但現在他們親眼所見的可是真實人物。

斯塔爾在女主角的座椅旁站定。她穿著低胸禮服，露出胸前和後背鮮紅的濕疹。每次要拍攝，這些有問題的皮膚都得塗一層潤膚膏，拍完就清掉。她的髮色和髮質有如乾涸的血，但她有著攝影機能捕捉到的星光之眼。

斯塔爾還沒開口，身後就傳來討好的聲音：

「她太有光彩了，充滿絕對的光彩。」

這是副導演的聲音，刻意出聲恭維，讓女演員不用費力就能聽見，同時也是在恭維斯塔爾簽下她，甚至間接推崇了導演萊丁伍德。

「一切都還好嗎？」斯塔爾愉快地問候。

「喔，一切都很好，」她回答道，「除了那些該死的宣傳人員。」

他輕輕向她眨了眨眼。

「我會把他們趕走的。」他說。

她的名字已經成了「壞女人」的代名詞。據說，她就是模仿《人猿泰山》漫畫中神祕統治黑人的女王之一，在她看來，別人都是黑暗世界的附屬。她是個必要的邪惡，被找來就是為了這部片。

萊丁伍德跟著斯塔爾朝舞台的門口走去。

「一切都還行，」導演說，「她已經盡力了。」

等走到別人聽不見他們對話之處，斯塔爾突然停下腳步，憤憤地盯著雷德。

「你一直在拍垃圾，」他說，「你知道樣片裡的她讓我想到什麼嗎？無趣的食品廣告小姐。」

「我已經努力呈現出她最好的樣子——」

「跟我來。」斯塔爾打斷他。

「跟你去？那我要讓他們休息嗎？」

「別管他們了。」斯塔爾邊說邊推開通往外頭的門。

他的車和司機正在外面等著。對他來說，大部分的時間都很寶貴。

「上車。」斯塔爾說道。

此刻雷德才意識到事情的嚴重性。他當下明白了問題所在，第一天拍攝時，女孩就用冰冷尖刻的言辭掌控全局。他是個以和為貴的人，寧願讓她冷冰冰地演完，也不想惹麻煩。

斯塔爾打斷他的思緒。

「你搞不定她，」斯塔爾說，「我之前跟你說過我要什麼。我需要她**刻薄**，但現在她看起來只是無趣。所以雷德，我們恐怕得停拍了。」

「停拍這部電影？」

「不，我會讓哈利接手。」

「好吧，蒙羅。」

「抱歉，雷德，下次再試試其他片吧。」

車子停在斯塔爾辦公室的門前。

「我要回去完成那場戲嗎？」雷德追問。

「已經有人接手了，」斯塔爾冷冷地說，「哈利在裡面了。」

「什麼——」

「我們一出來，他就進去了。昨晚他就看了劇本。」

「聽著，蒙羅——」

「我今天很忙，雷德，」斯塔爾簡潔地說，「你三天前就對這個案子失去熱情了。」

雷德心裡一團糟，這件事意味著他會失去某些東西——也許不多，但足以讓他無法按照原定計畫迎娶第三任妻子。他甚至沒有發脾氣的餘地——和斯塔爾意見不合，這是不能公開的。斯塔爾是他們這個世界裡最重要的客戶，而且幾乎是——更明確地說，總是——正確的。

「我的外套？」他突然問，「我把外套留在布景椅上了。」

「我知道，」斯塔爾說，「在這兒。」

他努力不去計較雷德造成的失誤，差點就忘了外套還在他手裡。

斯塔爾的專屬放映室是一間迷你電影院，裡面有四排舒適的沙發椅。第一排前擺著一張長桌，還有暗燈、按鈴和電話。靠牆有一架直立式鋼琴，那是有聲電影早期留下的遺物。這間放映室雖然一年前才剛裝修過，仍難掩長時間過度使用造成的破舊。

下午兩點半和六點半，斯塔爾都會坐在這裡，觀看當天拍攝的樣片。這地方老是有種緊張的氣氛——因為這些都是既成事實的成果，代表著幾個月以來的交易、規劃、編劇、重寫、選角、布景、燈光、排練和拍攝的最終成品，是靈光乍現的創意、絕望的決策、惰性、陰謀和汗水的結晶。到了這個階段，複雜的操作已經完成，這些樣片就是來自前方戰線的彙報。

除了斯塔爾，現場還會有各個技術部門的代表，以及影片相關的監製人員和專案經理。導演不會出現在放映室現場——檯面上的說法是他們的工作已經完成，但真正的原因是這裡會出現批評，在預算耗盡之前的批評會非常不留情面，讓人難堪，於是才有了此一微妙的「迴避」設計。

工作人員已經到齊，斯塔爾一進來就迅速坐下，室內的交談聲隨即消失。當他靠在椅背上，挪動他細瘦的膝蓋時，燈就滅了。後排有人點燃火柴，接著便是一片靜默。

銀幕上，一隊法裔加拿大人推著獨木舟穿越激流。這個場景是在片場的水池中拍攝的。每次拍攝結束，導演喊出「卡」，銀幕上的演員便放鬆下來擦拭額頭上的汗水，有時還會大笑起來——水池中的水也停止流動，影片創造的幻象隨之消失。斯塔爾除了從每組樣片中選出自己喜歡的，說些「效果不錯」的評論，並沒有發表更多意見。

接下來的場景仍舊在激流中，然後出現一段對話。加拿大女孩（由克勞黛・考爾白飾演）在獨木舟上俯視身旁的樵夫（由羅納德・科爾曼飾演）。放映一會兒後，斯塔爾突然開口：

「水池拆了嗎？」

「是的，先生。」

「蒙羅——他們需要用它來——」

斯塔爾果決地打斷後面的話，說：

「馬上重搭水池。再放一遍第二段樣片。」

燈光短暫亮起。有位專案經理離開座位，走到斯塔爾面前。

「浪費了一場精彩的表演。」斯塔爾低聲憤怒地說，「鏡頭沒對準。攝影機的角度只給我們看克勞黛頭頂的漂亮髮型。這是我們想看的嗎？是嗎？這就是觀眾來看電影的理由——看個漂亮女孩的頭頂。告訴蒂姆，演員都省下來，不用辛苦找他們來，用替身就行了。」

燈光再次熄滅。專案經理蹲在斯塔爾的座椅旁，以免擋到他的視線。剛才的樣片又重播一遍。

「現在都看到了嗎？」斯塔爾問，「還有一根頭髮出現在畫面上——右邊，看到了嗎？查一下是放映機上的還是膠卷的。」

影片最後，克勞黛·考爾白慢慢抬起頭，露出一雙深邃如水的眼睛。

「整場戲都應該是這種效果，」斯塔爾說，「她演得很出色。看看明天或者今天下午晚一點能不能補拍。」

皮特·札夫拉斯不會犯這樣的錯誤。如今整個電影圈，可以完全信任的攝影師不超過六個。

燈亮了，負責這部片的監製和專案經理從房間離開。

「蒙羅，這些樣片都是昨天拍的——昨天很晚才送過來。」房間再次轉暗。銀幕上出現濕婆女神的頭像，巨大沉穩，全然不覺幾個小時之後自己會被大水沖走，讓片場的信徒們繞著它忙成一團。

「下次拍這場戲時，」斯塔爾突然說，「在上面放幾個小孩。最好先確認可不可以，但我覺得問題不大，孩子們可以做任何事情。」

「好的，蒙羅。」

一條鑲有鏤空星星圖案的銀腰帶……史密斯、瓊斯或者布朗……個人資訊——那個繫銀腰帶的女人會不會……

畫面切換到另一部影片，這次是紐約的黑幫故事。斯塔爾突然焦躁起來。

「這場戲簡直是垃圾，」他在黑暗中喊道，「對白糟糕，選角錯誤，沒有任何意義。這些角色根本不像狠角色，看起來就像一群過度打扮的棒棒糖——到底是怎麼回事，李？」

「這場戲是早上在片場匆匆寫的，」李・卡普爾回答：「伯頓想趕快把第六場戲拍完。」

「好吧——但它就是垃圾。這段也是，沖印出這些片子毫無意義，她完全不相信自己說的話——凱瑞也是。特寫拍他們說『我愛你』——觀眾會把你轟出電影院！而且那個女孩穿得太誇張了。」

黑暗中有人發出訊號，放映機停下來，燈亮了。整個房間陷入死寂，斯塔爾面無表情。

「這場戲是誰寫的？」過了一會兒他問。

「韋利·懷特。」

「他清醒嗎？」

「當然清醒。」

斯塔爾想了一會兒。

「晚上找四個編劇來改這場戲，」他說，「看看誰可以。薛尼·霍華德到了嗎？」

「早上剛到。」

「跟他聊聊，跟他解釋清楚我要什麼。這個女孩極度恐懼——她在拖延。就這麼簡單。人不會同時有三種情緒。卡普爾——」

美術指導從第二排沙發探出身來。

「在。」

「那個布景有點問題。」

房裡有人交換了幾次目光。

「布景怎麼了，蒙羅？」卡普爾問。

「**你**來告訴我怎麼了。」斯塔爾說，「它看上去很擁擠，沒有延伸感，看起來很廉價。」

「它花了不少錢。」

「我知道它不便宜。這個問題不大，但就是有點不對勁。你今晚過去看看，也許是家具太多了——或者是風格不對。加個窗戶可能就有幫助。能不能再加強走廊的透視感？」

「我到時看看能做什麼。」卡普爾看了看錶，擠身離開座位。

「我馬上處理，」他說，「晚上就動工，明天早上重新布置。」

「好。李，你可以先略過這些場景拍吧？」

「我想可以，蒙羅。」

「有問題就算在我身上。打鬥的片段準備好了嗎？」

「馬上就好。」

斯塔爾點點頭，卡普爾匆忙離開，房間再次變暗。銀幕上的四名男子在地窖中上演一場激烈的打鬥。斯塔爾笑了。

「看看特雷西，」他說，「看看他撲向那傢伙的樣子。我打賭他一定真的打過。」

他們一遍又一遍地打，始終在同一個場景。每次打完，演員們就面帶微笑看著彼此，有時會友好地拍拍對方肩膀。唯一會有危險的是替身演員，一個拳擊手，他本來可以輕鬆擊敗其他三人，但這三人萬一沒有按照他教的方式出手，揮拳失準，他就糟了。即便如此，最年輕的演員還是擔心會傷到臉而畏畏縮縮，導演必須巧妙地選擇角度拍攝，所以只能一直拍攝兩人在門口相遇，認出彼此後繼續打。相遇，停頓，繼續。

之後畫面切換到一棵樹下，鏡頭裡有個小女孩在讀書，樹上有個男孩也在讀書。小女孩覺得無聊，想找男孩聊天，男孩卻不理她。男孩啃的蘋果核掉到小女孩頭上。

黑暗中傳來一個聲音：

「蒙羅，這段會不會太長了？」

「一點也不會，」斯塔爾說，「這段挺好，有種美好的感覺。」

「我是覺得有點長。」

「有時候短短十英呎的膠卷放映出來都顯得長，但兩百英呎的一場戲又太短。等剪輯師要處理這段之前，讓我和他談談——這是整部電影中會被觀眾記住的一場戲。」

斯塔爾像神諭般說話，沒人出聲質疑，沒人反駁。斯塔爾必須總是正確的，不是大部分時候，而是總是——否則這整個運作體系就會像奶油般融化瓦解。

時間又過去一小時。夢境以片段的方式在房裡的一端呈現，接受眾人分析，一旦通過就會成為眾人集體的夢，沒通過就會被丟棄。最後播放兩段試鏡，分別是一位性格演員和一個女孩。觀看試鏡不像審樣片那麼緊張，過程變得平穩流暢，觀者在椅子上安靜地坐著，斯塔爾的腳滑到地板上。一個技術人員說，他願意和影片上的那個女孩同居，其他人聽了都沒有反應。

「兩年前有人送過那個女孩的試鏡片來，她似乎到處在試鏡——但都沒有進步。不過那個男的很不錯，我們可以讓他來演《草原》的俄羅斯老王子嗎？」

「他**確實**是個俄羅斯老王子，」選角導演說，「但他對於這點感到羞恥。他是赤色份子，他說過這是他唯一不會接演的角色。」

「這是他唯一能演的角色。」斯塔爾說。

燈亮了起來。斯塔爾把嚼過的口香糖包入紙中，放進菸灰缸，帶著詢問的目光轉向秘書。

「二號棚正在做後製。」秘書說。

斯塔爾很快地查看一眼後製，那些畫面是用一種巧妙的裝置拍攝的，在一個電影背景前拍攝移動的畫面。隨後他前往馬庫斯的辦公室，參加一場為《曼儂》安排幸福結局的討論。斯塔爾再次明確表態——這部作品沒有幸福結局，就已經賺了一個半世紀的錢。他態度堅決——每天下午這個時段是他最能侃侃而談的時候，其他人則轉而討論另一件事：他們要借出十二位明星，為受長灘地震影響的無家可歸者所舉辦的募款活動。一陣慷慨陳詞後，五人合力捐出一筆兩萬五千美元的善款。他們給得算大方，但跟窮人捐款不同，他們的行為稱不上慈善。

斯塔爾一回辦公室，就收到眼科醫生的消息，說他送去的皮特．札夫拉斯經檢查後，視力20／19：近乎完美。他寫了信，札夫拉斯幫忙複印。斯塔爾在辦公室裡神采飛揚地踱步，杜蘭小姐一臉崇拜地看著他。阿格王子特地來感謝他下午在片場的招待。同時，他正和一位監製用暗號交談，監製說有一組編劇，姓塔爾頓，他們「發現了」，揚言要辭職。

「他們是很好的編劇，」斯塔爾向阿格王子解釋，「我們這裡缺少好編劇。」

「為什麼？你可以雇到任何人！」這位貴客驚訝地說。

「喔，我們的確雇得到，但他們一來到這裡，往往就不再是好編劇——所以還是得繼續找人。」

「比如什麼樣的人？」

「任何能接受這個體制並保持清醒的人——這裡什麼樣的人都有，失意的詩人、寫過一部成功戲劇的編劇、女大學生。我們讓他們兩兩一組，按照一個劇本構思開始工作，如果進展太慢，就再安排兩名編劇去幫忙。我最多同時安排三組人分別處理同一個劇本。」

「他們喜歡這樣嗎？」

「如果讓他們知道了，就不喜歡。他們不是天才——沒有人能用其他方式賺到這麼多錢。塔爾頓夫婦是從東岸來的劇作家——本來表現得相當不錯，但當他們發現自己並非唯一的編劇後就動搖了——動搖了他們的一體感——這是他們會用的詞。」

「那誰才能打造這種——一體感？」

斯塔爾遲疑了一下，表情嚴肅但眼中閃著光芒。

「我，」他說，「歡迎你有空再來。」

他見了塔爾頓夫妻，表示自己喜歡他們的作品，看著塔爾頓夫人的劇本彷彿就看到她正在書寫的樣子。他親切地解釋說會讓他們從這部片撤出，轉去另一部製作時間較為充裕、票房壓力小的作品。但正如他所預料，他們懇求留下來繼續參與這部片，即使最後必須跟別人一起掛名。斯塔爾承認這種體制確實不無問題——粗糙、商業化、令人厭惡，但他就是打造這個體制的人——這一點他倒是沒提。

他們離開後，杜蘭小姐興奮地走進來。

「斯塔爾先生，那位繫銀腰帶的女士正在電話上。」

斯塔爾獨自走進辦公室，坐到桌子後方拿起電話，感覺胃在下沉。他不知道自己想做什麼，他沒有像處理皮特·札夫拉斯的事情那樣先認真地想過一遍。起初，他只是想知道她們是不是「業內人士」，那女子是不是模仿米娜的演員，就像他曾讓一個年輕女演員化妝成克勞黛·考爾白，再用相同的角度拍攝她。

「你好。」他說。

「你好。」

就在他從這個簡短且略顯驚訝的字句中探尋昨晚的某種共鳴時，一種恐懼感開始籠罩他，他用意志強行壓下這種感覺。

「嗯——你真不好找，」他說，「只留下**史密斯**這個姓——還有你最近才搬來這裡的消息，我只知道這些，還有一條銀腰帶。」

「喔，對，」那聲音仍帶著一點不安和侷促，說：「我昨晚確實繫了一條銀腰帶。」

現在，該怎麼繼續下去？

「你**是**什麼人？」對方的聲音帶著一絲匆忙的資產階級才有的尊嚴。

「我叫蒙羅．斯塔爾。」他說。

停頓。這個名字從未出現在大銀幕上，她很難作什麼聯想。

「喔，對了——對，你是米娜．戴維斯的丈夫。」

「是的。」

這是個圈套嗎？當昨晚全部畫面再次浮現他腦海時——那帶著奇特光芒的肌膚，彷彿被磷光觸碰——他懷疑這會不會是誰想試圖接近他的伎倆。不是米娜，卻又像是米娜。風將房裡的窗簾吹起，桌上紙張沙沙作響，他的心在窗外濃烈的現實前微微畏縮。如果他現在出去會怎麼樣？如果他再次見到她會怎麼樣——見到那如星光般的朦朧眼神，那張為卑微勇敢的人類笑聲而有的堅強嘴唇。

「我想見你。你願意來片場嗎？」

又是一陣猶豫——然後是一個直接的拒絕。

「喔，我想我不應該去。真的很抱歉。」

最後一句純粹是客套、是敷衍，一記終結性的落槌。這時一股虛榮心幫了斯塔爾一把，他急切地強化了說服力。

「我真的想見見你，」他說，「我有理由。」

「嗯——我恐怕……」

「那我可以去見你嗎？」

又一次停頓，這次他覺得對方不是在猶豫，而是在組織答案。

「有件事你還不知道。」最後她說。

「喔，你已經結婚了。」他有些不耐煩，「這件事跟那個沒關係。我是公開邀請你，你可以帶上你丈夫，如果你有的話。」

「這——完全不可能。」

「為什麼？」

「我甚至覺得這樣和你說話都很可笑，但你的秘書堅持……我以為是我昨晚在水災中掉了什麼東西，被你撿到。」

「我非常想見你，只要五分鐘。」

「是為了讓我去演電影嗎？」

「那不是我的打算。」

電話另一端陷入長長的沉默，斯塔爾心想自己可能說錯了話。

「我們可以在哪裡見面？」意外地，她問道。

「這裡？或者你家？」

「不——找個外面的地方。」

斯塔爾突然想不到合適的地方。他家——一間餐廳？人們通常都在哪裡見面？約會場所？還是雞尾酒吧？

「九點鐘約在某個地方見。」她說。

「那個時間恐怕不行。」

「那就算了。」

「好，九點。但我們能不能約在這附近？威爾榭大道上一間雜貨店門口，怎麼樣？」

現在是五點四十五分。外面有兩個人，每天這個時間都會來見他，但每次都被推遲。這是他開始疲憊的時刻——這些人的事情既沒有重要到必須立刻處理，也並非微不足道到可以忽略。所以他再次推遲，靜靜地坐在辦公桌後想著跟俄羅斯有關的事。準確地說，不是俄羅斯，而是俄羅斯電影——這部片將會浪費他疲累的半個小時。他知道很多關於俄羅斯的故事，更不用提那個「大故事」。他雇的一批編劇和研究員已經投入了一年多，但所有故事都給人一種不對勁的感覺。他覺得可以用美國十三州的視角來講述，但每次都得出截然不同的結果，甚至還令人不快。他認為自己對俄羅斯很公正——他無意拍攝不友善的影片，但每次都會變成頭痛的問題。

「斯塔爾先生——德拉蒙先生在外面，還有基斯托夫先生和科恩希爾夫人，他們是來討論俄羅斯電影的。」

「好的，讓他們進來。」

從六點半到七點半，他看了一個傍晚的樣片。要不是和那個女人有約，他通常會在放映室或配音室度過這段時間。但昨晚的地震讓他決定去吃晚餐。走進前廳，就看到皮特．札夫拉斯正在等他，手臂上還纏著繃帶。

「你是電影界的艾斯奇勒斯加上尤里比底斯，」札夫拉斯平靜地說，「也是阿里斯托芬斯加上米南德。」

說完他鞠個躬。

「他們是誰？」斯塔爾笑著問。

「是我同胞。」

「我不知道希臘也製作電影。」

「你跟我開玩笑吧，蒙羅，」札夫拉斯說，「我只是要說你太棒了，你百分百救了我。」

「你現在覺得怎樣？」

「我的手臂沒事，就像是有人親了它一樣。就結果來看，我做的事情是值得的。」

「你怎麼會在這裡做出那種事？」斯塔爾好奇地問。

「在神諭之前，」札夫拉斯說，「站著的是希臘艾盧西斯之謎的解答者。我真想抓住那個造謠的人。」

「你讓我後悔自己沒上大學。」斯塔爾說。

「沒什麼用的，」札夫拉斯說，「我在薩洛尼卡拿的學士學位，但你看看我現在變成什麼樣子。」

「沒那麼糟。」斯塔爾說。

「以後你有任何需要解決的麻煩，」札夫拉斯說，「我的電話號碼就在本子裡。」

斯塔爾閉上眼又睜開，札夫拉斯的身影在陽光下稍顯模糊。他倚著身後的桌子，平靜地說：

「祝你好運，皮特。」

屋裡幾乎都黑了，他讓自己照常地走進辦公室，等房門喀噠一聲關上，才開始伸手找藥。水壺碰到桌子發出響聲，玻璃杯跟著作響。他坐在一張大椅子上，等待苯丙胺發揮作用，之後再去吃晚餐。

從片場餐廳離開時，斯塔爾看到有隻手從敞篷車裡伸出來，向他揮動。依據後座露出的頭顱，他認出是那個年輕演員和其女友。他目送他們消失在大門外，融入夏日暮色。他已經一點一點地失去對這類事物的感受，彷彿米娜帶走了他內心對這些事情的感動，先是對光彩美麗的感受消退，接著連感受內心哀傷的餘裕也失去。基於他總是幼稚地將米娜與天堂作聯想，回到辦公室後，他今年第一次下令取出敞篷車，轎車只會讓他想到開會跟疲憊的睡眠。

離開片場時，他還在緊張，幸好敞篷車能讓夏夜貼近，他開始注意到夜色，月亮低懸在大道盡頭，帶來一種美好的幻象——彷彿每晚、每年都是不同的月亮。米娜去世至今，好萊塢才終於有了其他光芒：那光芒出現在露天市集裡，透過檸檬、葡萄柚和青蘋果的微光，斜映在街道上。前方路口有輛車的停車燈閃爍著紫光，另一個路口又出現閃爍的光，到處都有探照燈照射天空。在一個空曠的角落，兩個人影正毫無意義地在空中移動一個發光的鼓。

雜貨店的糖果櫃檯旁站著一名女子，個子很高，幾乎和斯塔爾一般，顯然這個場面對她來說有點尷尬，要不是斯塔爾看上去體貼又禮貌，她可能根本不會來。他們互相問好，然後就沒再說話，目光也幾乎沒有交集，只是一起走了出去——走到路邊前，斯塔爾已經明白，她不過就是個普通美國女子，完全沒有米娜的那種美麗。

「我們要去哪裡？」她問，「我以為會有司機。沒關係——我是個很不錯的拳擊手。」

「拳擊手？」

「這樣說好像不太禮貌。」她勉強露出笑容，「不過我聽說你們這些人很**可怕**。」

一開始斯塔爾還對於被歸類為「可怕」感到好笑——突然間，他覺得不好笑了。

「你為什麼要見我？」她邊問邊坐進車裡。

斯塔爾站在原地，瞬間很想讓她立刻下車離開，但她已經自在地坐進車裡，這是他自己一手造成的糟糕局面——他咬咬牙，繞到另一邊上車。街燈灑在她的臉上，她看上去跟昨晚那個女孩很不同，他看不出這張臉與米娜有任何相似之處。

「我送你回家吧，」他說，「你住在哪裡？」

「送我回家？」她有點驚訝。「我不趕時間——如果我冒犯了你，很抱歉。」

「沒有。謝謝你能來。是我的錯，把你誤認成某個認識的人，當時光線很暗，探照燈又刺著我的眼睛。」

她感覺被怪罪了——怪她不像另一個人。

「原來只是這樣！」她說，「真有意思。」

接著兩人陷入短暫沉默。

「你就是米娜．戴維斯的丈夫，對嗎？」她突然警覺地問，「對不起，提起這事可能不太合適。」

他盡可能開得快點，但又不想顯得太刻意。

「我和米娜．戴維斯是完全不同的類型，」她說，「——如果你誤以為我是她的話，也許你想找的是跟我一起去的那個女孩，她比我更像米娜．戴維斯。」

此時他已經不在意了，他只想盡快結束，然後把這一切拋諸腦後。

「可能是她嗎？」她問，「她就住在我隔壁。」

「不可能，」他說，「我記得銀腰帶。」

「那的確是我。」

他們朝著日落大道的西北方駛去，沿著蜿蜒的小路爬上山谷，亮起燈的平房一棟接一棟，驅動兩人的電流滲入夜晚的空氣中，化作收音機的回響。

「你看到那盞最高的燈了嗎——凱斯琳就住在那裡。我住山頂的另一邊。」

片刻後，她說：「在這裡停吧。」

「你不是說在山頂？」

「我想先在凱斯琳家停一下。」

「恐怕——」

「我想下車。」她不耐煩地說。

斯塔爾跟著她下了車。她朝向一棟幾乎被柳樹遮蔽的小房子走去，他跟著她走到台階上。她按了門鈴後，轉身道晚安。

「對不起，讓你失望了。」她說。

現在換他感到抱歉——也對他們倆感到遺憾。

「是我的錯。晚安。」

門開了一道縫，透出一線光亮，傳來一個女孩的聲音問：「是誰？」斯塔爾抬頭看去。

她就站在那裡——面容、身形和笑容映襯著室內的燈光，那是米娜的臉——帶著奇特光芒的肌膚，彷彿被磷光觸碰過；嘴角那溫暖的弧線，真誠無私——還有那迷人的歡愉感，令一代人著迷。

他的心瞬間跳動起來，就像昨晚一樣，但這次感覺沒有消失，這為他帶來巨大的寬慰。

「喔，艾德娜，你不能進來，」女孩說，「我剛打掃過，屋裡都是氨水味。」

艾德娜大笑，聲音大膽而響亮，「我認為他想見你，凱斯琳。」

斯塔爾的目光與凱斯琳交會，他們看著彼此，這一瞬間的交流勝過任何擁抱，比任何呼喚都更迫切。

「他給我打了電話，」艾德娜說，「因為他以為——」

斯塔爾打斷了她，向前走入燈光中。

「昨晚我在片場對你們有點失禮。」

他真正想說的話無法用言語表達，凱斯琳的目光毫不退縮地看著他。此刻，生命在他們之間熾烈綻放——艾德娜變得遙遠，隱沒於黑暗中。

「你並沒有失禮。」凱斯琳說。一陣涼風吹動她額前的棕色捲髮。「是我們不該闖進去。」

「我想讓你們，」斯塔爾說，「來片場參觀。」

「你是誰？片場的重要人物嗎？」

「他是米娜·戴維斯的丈夫，是個製片人，」艾德娜插嘴，像在開玩笑地說：「——接下來這句話可不是他告訴我的。但我覺得他喜歡你。」

「住口，艾德娜。」凱斯琳冷冷地說。

艾德娜意識到自己說多了，於是她說：「我們再打電話好嗎？」便邁步離去，但她已經帶上了他們倆的祕密——她在黑暗中看見了火花。

「我記得你，」凱斯琳對斯塔爾說，「是你把我們從大水中救出來。」

接下來呢？另一個女人一離開就凸顯了她的缺席。他們兩人孤立無援，先前的交流將他們的處境變得岌岌可危。他們似乎沒有立足之地。他的世界彷彿正在遠去——而她除了那座神像的頭和半開的門之外，似乎沒有自己的世界。

「你是愛爾蘭人？」他試圖為她建立一個世界。

她點了點頭。

「我在倫敦住了很久——我以為外人看不出來。」

一輛巴士的綠色大燈在黑暗中飛馳而過，他們沉默下來，直到巴士開遠。

「你朋友艾德娜好像不喜歡我，」斯塔爾說，「我猜想是因為我是製片人。」

「她也剛到這裡。她那個人沒心機，**我**理當不必畏懼你。」

她注視著他的臉，覺得他看上去很疲憊——就像所有人認為的——但很快地她就忘了，只覺得他像涼夜裡燃燒的火盆般炙熱。

「我想女孩們都會圍著你，希望你將她們送上大銀幕。」

「她們最後都會放棄。」他說。

這是個謙虛的說法——那些女孩仍然徘徊在門外，只是等得太久以至於她們的喧鬧聲已經跟街上的車流噪音混為一體。他的地位依然高於國王，國王只能冊封一個皇后，而斯塔爾，至少對她們來說，可以打造許多明星。

「這會讓你變得玩世不恭，」她說，「你不會是想讓我進電影圈吧？」

「沒有。」

「那就好。我不是演員。在倫敦時有個男人到麗池飯店來找我，說要讓我試鏡，我考慮了一會兒，最終沒去。」

他們幾乎一動沒動地站著，彷彿下一刻他就會離開，而她會回屋。斯塔爾突然笑了。

「我覺得自己現在像個推銷員，還用腳卡住你家門縫。」

她也笑了。

「很抱歉我不能邀你進屋。要不要我去拿件外套，我們到外面坐？」

「不用。」他也不明白為什麼他覺得該走了。也許他會再見到她——也許不會。這種狀態最好不過。

「你會來片場嗎？」他問，「我不一定能陪你四處參觀，但你如果來一定要通知我。」

她眉頭微微一皺，臉上浮現一絲陰影。

「我不確定，」她說，「不過還是很謝謝你。」

他知道她不會來。出於某種理由，她會從他身邊悄然溜走。他們都知道這一刻已經結束，他必須離開。即使他原本就不抱著任何目的前來，但這樣的結束讓人空虛。他甚至不知道她的電話號碼、不知道她的名字，但現在問這些似乎並不合適。

她陪他走到車旁，她的光彩和待發掘的新鮮感縈繞著他；離開陰暗處後，他們之間隔了一英呎的月光。

「就這樣結束了嗎？」他脫口而出。

他在她臉上看到歉意，但嘴角有一絲微妙的抽動，那笑容流露出隱密的意味，彷彿一道通向禁忌之地的簾子短暫地落下又掀開。

「希望我們能再見面。」像是種正式宣布，她這麼說。

「如果見不到，我會很遺憾。」

片刻之間，兩人的距離似乎拉遠了。直到他的車在下一個路口掉頭時，她還站在原地，他向她揮手後駛離，心中一陣興奮愉快。他為這世間仍有不是在選角部門擔任評審而看到的美麗感到高興。

回到家後，管家用俄式茶具為他泡茶，他卻有種奇異的孤獨感。這是舊日的傷痛重現，沉重而甜美。他拿起兩部待審的劇本，這是他晚上的任務——很快地，他會將那一行行文字的畫面想像出來。他停了一會兒，想著米娜，並在心裡對她說這真的沒什麼，世上沒有人能像她那樣。他感到抱歉。

以上大致就是斯塔爾一天的生活。我不知道他的病情，例如他是什麼時候開始生病的，因為他始終很神祕，我只知道那個月裡他暈倒過幾次，是父親告訴我的。阿格王子則是我得知午餐聚會的消息來源，在那場會議上，斯塔爾告訴大家他準備要拍一部賠錢的電影——考慮到與他合作的人、以及他持有大量股份和分紅合約的情況下，這項決定實屬不易。

韋利·懷特也跟我說了許多，我相信他的說法。他對斯塔爾懷有一種夾雜了嫉妒和欽佩的強烈情感。至於我，那時我已經深深愛上了斯塔爾，你可以自行判斷我說的話有沒有參考價值。

第五章

一個星期後，我朝氣煥發地去見斯塔爾，至少我自己是這麼認為。韋利來接我時，我已穿好騎馬裝，想給人一種清晨剛在露水中騎行的印象。

「今天早上我準備一頭栽進斯塔爾的車底下。」我說。

「要不要考慮我這輛車？」他提議道，「這是莫特．佛來夏經手過最好的二手車之一。」

「別作夢了，」我打趣道，「你東岸還有老婆。」

「她已經是過去式了，」他說，「你有一張王牌，西西莉亞——你很清楚自己的價值。如果你不是派特．布雷迪的女兒，有人會多看你一眼嗎？」

我們不像母親那輩會忍受這種侮辱。沒有——沒有任何同代人的評語具有意義。他們會說你要搞清楚，娶你是為了你的錢，或者也可以換你這樣跟他們明說。事情現在變得更簡單了，真的是嗎？就像我們常說的。

我轉開收音機，車子正穿行勞雷爾峽谷，唱著〈我心雷動〉，我這才意識到我根本不同意他。我的五官不錯，除了臉太圓之外，皮膚也好到讓人忍不住想觸摸，我的腿很好看，胸脯也堅挺。雖然沒有甜美個性，但韋利應該也不是因為這個來追我？

「你不覺得早上去很聰明嗎？」我問。

「當然，對加州最忙的人來說，他會很感激。你何不乾脆凌晨四點去叫醒他？」

「你說對了。晚上他都很累，畢竟他一整天都在跟人碰面，即使有些人還不錯。早上去，可以給他全新的刺激。」

「我不喜歡這樣。這太大膽了。」

「那你有什麼好主意？說具體點。」

「我愛你，」他說，但聽起來並不真誠。「我愛你勝過愛你的錢，我有的錢已經夠多了，也許你爸爸能讓我當上監製。」

「我寧可嫁給今年入選骷髏會的菁英，搬去南安普頓當貴婦。」

我轉動收音機鈕，聽到一首不知道歌名是〈失去〉或〈逝去〉的歌。那年有很多好歌，都很動聽。大蕭條的那幾年，我年紀還小，只記得當時的歌都不怎麼好聽，最好的曲子還是來自二〇年代，比如班尼．古德曼的〈我的藍色天堂〉或者保羅．懷特曼的〈白晝已盡〉，那時只有樂隊可聽，現在我幾乎什麼都愛聽，除了我父親為了營造一種父女交心的氣氛所唱的〈小女孩，你今天真忙〉。〈失去〉和〈逝去〉都不符合我當下的情緒，我轉到另一台，聽到〈賞心悅目〉，正是我喜歡的那種詩意曲調。我轉頭回望，車子正穿越山麓，空氣清澈得可以看到兩英哩外落日山山頭上的葉子。有時候，光是空氣——沒有阻礙、沒有雜質的清新空氣就足以教人驚奇。

「賞心悅目——識之可親。」我跟著哼唱。

「你要唱給斯塔爾聽嗎？」韋利問，「如果要的話，記得加一句我是個好監製。」

「喔，這首歌只關乎斯塔爾和我，」我說，「他會看著我，然後心想『我以前從沒仔細看過她』。」

「今年不流行這種台詞了。」他說。

「然後他會叫我『小西莉亞』，就像地震那晚一樣。他會驚覺我已經長大成女人了。」

「你什麼都不用做。」

「我會站在那裡，如花綻放。他會像親吻孩子那樣溫柔地親我——」

「這些都是我劇本裡的台詞，」韋利抱怨道，「我明天得交給他。」

「然後他會坐下來，用手捂住臉，說他從沒這樣想過我。」

「你準備在親吻時搞小動作？」

「我已經長大了。要我跟你說多少次？我正如花綻放。」

「聽起來越來越不正經了，」韋利說，「別再說了——我上午還得工作。」

「然後他會說，他彷彿知道自己注定會愛上我。」

「你完全融入這個行業了，果然有製片人的血統。」他假裝打了個寒顫，「我可不想接受這樣的血脈。」

「然後他說——」

「我知道他所有的台詞，」韋利接腔，「我想知道的是你會說什麼。」

「有人進來了。」我繼續說。

「然後你趕緊從選角沙發上跳起來，整理裙子。」

「你是不是很想叫我現在下車回家？」

此刻我們已經抵達比佛利山莊，那一帶變得非常美，到處都是高大的夏威夷松。好萊塢是一個完全分區的城市，你可以清楚知道每個區域住的是哪種經濟等級的人——從片場高階主管、導演到住在小平房裡的技術人員，再到臨演。高階主管住的區域，奢華得像一塊塊精緻糕點，雖然比不上維吉尼亞或新罕布夏州舊時代的莊園那麼浪漫，但今天早晨，它們看上去確實很漂亮。

收音機傳來：「他們問我如何知道——這份愛是真的？」

我的心彷彿燃燒起來，眼裡盡是霧氣，但我算了算自己的勝算，大概只有一半。我打算直接向他走去，彷彿要穿過他或是直接親上他的唇——然後在一步之遙處停下，用低沉放鬆的語調說：「你好。」

我確實這麼做了——結果和我預想的完全不一樣。斯塔爾用他那雙漂亮的深色眼珠看著我，毫無疑問，他完全知道我在想什麼——卻絲毫不覺得尷尬。我站在那裡，感覺像是站了一小時，他則只是嘴角微微抽動，然後把手插進口袋。

「今天晚上你會和我一起去舞會嗎？」我問。

「什麼舞會？」

「編劇協會的舞會，在大使飯店。」

「喔，對。」他想了一下說：「我不能和你去，但晚一點我可能會過去看看。今晚我在格蘭岱爾有一場試映。」

一切都和我計畫的不同。他一坐下，我便走過去，把頭靠在他的電話旁，讓自己像是一份桌上文件，然後看著他，他深色的眼眸溫柔又淡然地看著我。男人往往不知道，女孩其實不需要他們做什麼就會心動。只是我唯一能在他腦海裡留下的念頭是：

「為什麼你不結婚呢，西西莉亞？」

也許他又會提起羅比，試圖撮合我們。

「我該怎麼做才能吸引一個我感興趣的男人？」我問他。

「告訴他你愛上他了。」

「我應該追他嗎？」

「是的。」他笑著說。

「我不確定。兩個人之間如果從來沒有愛，那就不會有。」

「我可以娶你，」他突然說，「我孤單得要命。只是我太老、也太累了，承擔不起任何事。」

我繞過桌子站到他身旁。

「承擔我就好。」

他抬起頭，驚異地看著我，像是第一次意識到我的認真。

「喔，不。」他說，表情看起來幾乎帶點痛苦。

「電影就是我的女人，我沒有多少時間——」他很快糾正道：「我完全沒有時間。」

「你無法愛我。」

「我不是這個意思，」他說——完全就像我夢裡出現過的一幕，但又有些不同，「我不曾那樣看你，西西莉亞。我認識你太久了，還有人說你打算嫁給韋利．懷特。」

「而你——對此沒有話要說。」

「不，我有。我打算告訴你，先等他清醒兩年再說。」

「蒙羅，我根本沒考慮過他。」

我們的談話完全偏離主題，接下來就跟我作的白日夢一樣，有人走了進來——而且我確定是斯塔爾按了某個隱藏式按鈕，刻意叫人進來的。

我永遠記得那一刻，當我察覺杜蘭小姐帶著記事本站在我身後的那一刻，是我童年結束的時刻，是人會定格在那裡的一刻。我所凝視的並不是斯塔爾本人，而是一部關於他的電影裡被我一再選取的「定格畫面」：那雙眼閃過通透的世故，那片寬廣的額頭之後藏著成千上萬個構思與計畫，那張臉的老成來自內心，而非不經心所留下的皺紋或煩惱，他所散發的內斂禁慾氣質，就像在經歷著一場無聲的自我掙扎——或者來自慢性病。在我眼中，他比從科羅拉多到德蒙特那些膚色紅棕的傢伙更英俊。他是我的電影，就像被我貼在學校儲物櫃內側的一張照片。我是這麼告訴韋利・懷特的，當一個女孩向她第二喜歡的男人提到另一個男人——表示她墜入愛河了。

早在斯塔爾抵達舞會前，我就注意到那女孩。她並不漂亮，畢竟誰敢在洛杉磯宣稱自己貌美呢——但就算是個漂亮女孩，放在一打漂亮女孩中間也就像個合唱團而已。她也不算那種專業美女——那種會讓所有人都屏住呼吸，讓男人承受不了而必須跑離現場才能吸入空氣的美女。她只是個普通女孩，擁有拉斐爾畫作角落的天使那種肌膚，具有讓人想回頭再看一眼的獨特風采，也許是因為她的穿著打扮，也許是因為別的。

我注意到她，之後馬上就忘了。她坐在柱子後面那一桌，桌上唯一的焦點是一位過氣的二線女星，正努力引起注意以獲得演出機會。她一直跟些愣頭愣腦的男性跳舞，這讓我羞愧地想起第一次參加舞會時，母親逼我和同一個男孩不斷跳舞，為的就是讓我能持續待在聚光燈下。那位過氣女星試圖來跟我們這桌的幾個人搭話，但大家都忙著扮演高級社交圈成員，完全沒人理她。

從我們這種人的眼光來看，他們都是有所求的。

「他們指望你像過去一樣慷慨撒錢，」韋利說，「一旦發現你揣著不放，就失去興趣了，這就是為什麼他們顯得既落寞又堅毅——維持尊嚴的唯一方法就是像海明威筆下的人物那樣活著。但他們內心深處始終是恨你的，你自己也明白。」

他說得對——一九三三年後，我就曉得有錢人要物以類聚才會幸福。

斯塔爾走進寬闊台階上昏暗的燈光中，雙手插著口袋，環顧四周。夜深之後，裡頭似乎暗淡了些，儘管燈光始終沒變。他就站在那裡，底下的演出已經結束，有個男人身上還掛著牌子，上面寫著：「今天午夜，桑雅．赫尼將在好萊塢露天劇場的熱湯上滑冰」。但他一跳起舞，身後那塊牌子便不如他可笑了。幾年前這裡還會出現醉漢，那位過氣女星似乎就是希望自己能越過舞伴的肩膀找到他們。

我隨著她的目光，看向之前那一桌——讓我驚訝的是，斯塔爾正在和一名女孩交談。他們向彼此微笑，彷彿這裡就是世界的開端。

幾分鐘前，斯塔爾站在階梯頂端時，完全沒料到會發生此事。他先是對試映感到失望，然後又在戲院門口與雅克．拉．博爾維茨發生爭執，他懊悔不已。本來要前往布雷迪派對的他，看到了凱斯琳獨自坐在一張長型白桌前。

瞬時之間，事情有了變化。當他朝她走去，周圍的人都像在往後退，退到兩邊成了壁畫；白桌延展開來，彷彿祭壇，凱斯琳像女祭司獨坐其上。他就像是重新活了過來，站在桌子對面，久久地看著她，面露微笑。

兩旁的人悄悄地回到座位——斯塔爾和凱斯琳開始跳舞。

她一靠近，他過去對她有過的幾個印象就開始變得模糊；一時之間，她變得很不真實。通常一個女孩出現在你面前時會變得真實，她卻不是。他們沿著舞池翩翩起舞，舞到最遠之處，斯塔爾一直沉醉其中，最後兩人彷彿穿越一面鏡子，跳進另一段舞，周遭的舞伴換了一輪，但都是熟面孔，僅此而已。就在此際，他開口了，說得既快又迫切。

「你叫什麼名字？」

「凱斯琳．摩爾。」

「凱斯琳．摩爾。」他重複。

「如果你要問我電話，我沒有。」

「你什麼時候會再來片場？」

「不可能。真的。」

「為什麼不可能？你結婚了嗎？」

「沒有。」

「你沒結婚？」

「沒有，從來沒有。但也許會。」

「跟你那桌的人？」

「不是。」她笑了，「你猜得真遠！」

無論他們說了什麼，她都已經深深地捲入了他的世界。她的眼神邀請著他，準備進入一種難以想像的深情共鳴。她意識到情況變化，害怕地說：

「我必須回去了。我已經陪你跳了舞。」

「我不要你走。我們能不能一起共進午餐或晚餐？」

「不可能。」但她的表情卻不受控制地反對這回答，彷彿在說：「也許可以。這扇門留著一條縫，如果你能擠過去——但要快，時間不多了。」

「我真的得回去了。」她重複道，接著垂下手臂、停止舞步望著他，笑容中帶著一絲放肆。

「和你在一起時，我連呼吸都不順暢。」她說。

她轉過身，提起長裙踏過方才的那面鏡子，回到另一頭。斯塔爾跟上去，直到她停在桌旁。

「謝謝你跟我跳舞，」她說，「現在，真的，晚安了。」

接著，她幾乎是跑著離開。

斯塔爾回到大家等著他的那張桌子，加入「上流社會」——那些來自華爾街、格蘭街、維吉尼亞州勞登縣和俄羅斯敖德薩的一群人，他們正熱烈地討論一匹跑得非常快的賽馬，最興奮的人莫過於馬庫斯先生。斯塔爾心想，猶太人大概是掌控了人對馬匹的崇拜，將之視為一種象徵——過去，哥薩克人騎馬、猶太人步行；現在猶太人有了自己的馬，這帶給他們一種非凡的幸福感和力量。斯塔爾坐在那裡假裝聽著，偶爾有人說到他，他就點點頭，目光仍落在柱子後面的那張桌子。要不是一切發生得太快，包括他誤認了那個繫銀腰帶的女人，他可能會懷疑這整件事是一場精心設計的騙局，但這種若即若離的感覺超出他所能懷疑的範疇。他注意到她再次要走——她的身體語言是在道別。她要走了，她離開了。

「看啊，」韋利．懷特帶著惡意說：「灰姑娘走了。只要把鞋子送去百老匯南區八一二號的皇家鞋店就行了。」

斯塔爾在長廊上追到她，那邊有群中年婦女正坐在繩索圍住的區域後方，注視著舞廳的入口。

「我做錯什麼了嗎？」他問。

「我本來就打算走了。」她帶著一絲不滿說，「他們都盯著我看，好像我剛剛是在跟威爾斯親王跳舞。有人居然說要給我畫張畫像，也有人想約我明天見面。」

「那是我想做的事，」斯塔爾溫柔地說，「我比那人更迫切地想要見你。」

「你太執著了，」她疲憊地說，「我離開英國的其中一個原因，就是那裡的男人都獨斷獨行，我以為這裡的人會不一樣。我已經說了不想見你，我說得還不夠清楚嗎？」

「很清楚了，」斯塔爾點頭承認，「但我已深陷其中，請相信我。我覺得自己像個傻瓜，但我必須再見你，和你談談。」

她猶豫了一下。

「你不必覺得自己是傻瓜，」她說，「你是個很好的人，不該有這種感覺，你只需要看清楚這整件事。」

「什麼事？」

「你愛上我了。你把我當成你的夢了。」

「在我剛剛走進那扇門之前，我本來已經忘了你的。」他辯解。

「腦裡也許忘了，但我第一次見到你，就知道你會喜歡上我……」

她突然停住。一對男女經過他們身邊，互相道別：「替我向她問好——告訴她我很愛她，」女人說，「你們兩個——你們所有人——還有孩子們。」斯塔爾心想，他沒辦法跟其他人一樣說出這種話。在他走向電梯時，腦中也想不出更多話可說。

「我想你完全說對了。」他說。

「喔，你承認了？」

「不，我不承認，」他否定，「只是你的一切——你說的話、你走路的樣子、此刻看起來的模樣——」他注意到她的態度稍微緩和，而他的希望再度揚升。「明天是星期日，通常星期日我會工作，但如果你對好萊塢有任何好奇，想要認識誰或見誰，請讓我來安排。」

他們站在電梯旁。電梯門打開，她沒進去。

「你真客氣，」她說，「總說要帶我參觀片場，帶我四處看。難道你不需要自己一個人待會兒嗎？」

「明天我會有很多一個人的時間。」

「喔，好可憐——我都想為你落淚了。那麼多女明星圍繞著你，想跟你跳舞，你卻選擇了我。」

他笑了——知道自己剛才說的，正好能讓她打趣他。

電梯又來了。她請電梯等一下。

「我是個軟弱的女人，」她說，「如果我明天見了你，你就會放過我嗎？不會，你只會讓情況變得更糟。那沒有任何好處，只有害處，所以我的答案還是『不，謝謝』。」

她走進電梯，斯塔爾也跟進去，他們相視而笑，電梯下降兩層到達大廳，對街就是幾間小商店，警察在大廳外攔住一群人，他們正探頭往裡面張望。凱斯琳不禁打了個寒顫。

「我剛才來的時候，他們看我的表情很奇怪，」她說，「好像對我不是什麼名人感到憤怒又失望。」

「我知道另外一條路可以出去。」斯塔爾說。

他們經過一間雜貨店，拐進小巷，接著才踏入加州的涼夜中。直到抵達停車場，他才感覺真正脫離了舞會，她也有同感。

「以前這裡住了很多電影人，」他說，「約翰・巴里摩和寶拉・內格里就住在那些房裡。康妮・塔爾梅奇住在對面那棟公寓。」

「現在沒人了嗎？」

「大家都把工作室搬去城外，」他說，「以前的鄉下。我也算是在這裡有過不少美好時光。」

他沒提到十年前，米娜和她的母親就住在對面另一棟公寓。

「你多大了？」她突然問。

「記不清了——大概三十五歲吧。」

「他們剛才在說，你是個神童。」

「等我六十歲的時候，他們仍舊會說我是神童，」他說，語氣帶著些許沉重。「你明天會跟我見面，對吧？」

「會的。」她說，「約在哪裡見？」

突然，他們發現沒有合適兩人見面的地方。她不願去任何人家裡的派對，也不願去城外，連游泳她也覺得不妥，更不想去什麼知名餐廳。她似乎很難取悅，但斯塔爾知道這背後肯定有著某個原因，他之後會再慢慢搞清楚。或許她是某個名人的姊妹或女兒，必須低調行事。他提議先去接她，再決定約會地點。

「那不好，」她說，「就在這裡如何？還是這個地方。」

他點點頭，指了指他們身旁的拱門。

他送她回到她的車上，那輛車頂多值八十美元，接著目送那輛車咯吱作響地開走，入口處突然響起一陣歡呼，人們正在迎接一位受歡迎的明星走出來。他考處了一下要不要過去道晚安。

現在輪到西西莉亞以第一人稱的角度繼續說故事。斯塔爾終於回來——那大概是凌晨三點半了——回到舞池邀請我跳舞。

「你好嗎？」他問，彷彿早上沒見過我似的。「我剛剛跟人聊了很久。」他顯然當那是祕密——他對隱私很在意。

「我帶人去兜風，」他天真地繼續說，「沒想到好萊塢這一帶變化這麼大。」

「真的嗎？」

「喔，是的，」他說，「完全變了。我都認不出來了。我沒辦法說清楚哪裡變了，只能說，一切都變了——每一處，變得像一座新城市。」過了一會兒，他又補充：「我完全沒想到會變這麼多。」

「你跟誰？」我試探著問。

「一個老朋友，」他含糊說道，「很久以前認識的一個人。」

我讓韋利去打聽他說的是誰，結果韋利跟一個過氣女明星打聽，對方興奮地請他坐下來慢慢聊。她說她不知道那個女孩是誰——可能是某人的朋友，她連是誰帶她來的都不知道。

斯塔爾和我在葛倫・米勒的〈邉鞦韆〉樂聲中起舞。這時間舞池人不多，跳起來很舒適，但也顯得孤寂——比那女孩離去前更孤寂。對我而言、對斯塔爾而言，那個女孩帶走了整個夜晚，帶走了我的刺痛——她的離去讓這座華麗的舞池變得空蕩，頓失情感。現在這裡什麼都不是了，而我正和一個心不在焉的男人跳著舞，他盡說些洛杉磯變化很大這種空話。

他們的確見面了，隔天下午，像兩個陌生人在不熟悉的國度碰面。昨晚已成過去，與他共舞的那個女孩已經消失。她戴了一頂有輕紗面罩、玫瑰色與藍色相間的帽子，沿著階梯向他走來，停下腳步端詳他的臉。斯塔爾也不一樣了，他穿著棕色西裝、打黑領帶，比晚宴上穿著正裝或是黑暗中初會時只聽得清聲音的模樣沉穩。

等他看到她那跟米娜相似的眉眼、乳白色的顳角、散發蛋白石光澤的額頭還有那一頭可可色的捲髮時，才敢確認那就是她。他想伸出雙手環抱她，以一種家人間的熟悉感拉近她——他熟悉那脖頸上的絨毛、脊椎的姿態、眼角的弧度以及呼吸的節奏，他甚至能想像出她會穿的衣服。

「你是不是在這裡等了一整夜？」她低聲說，聲音如耳語般輕柔。

「我整夜沒離開——一步也沒挪動。」

但他們的問題尚未解決——不知道該去哪裡。

「我想喝茶，」她提議，「如果能有個你不會被認出來的地方就好了。」

「聽起來像是我們之中有人的名聲不好。」

「不是嗎？」她笑了。

「我們去海邊吧，」斯塔爾提議，「我想到一個地方，我曾經被那裡一隻受過訓練的海豹追。」

「那隻海豹會泡茶嗎？」

「嗯——牠是受過訓練，不過不會說話——有待訓練。你**到底**想隱瞞什麼？」

她沉默片刻，然後輕鬆地說：「也許是未來吧。」這話說得模稜兩可，也可能沒有任何意思。

車子開動後，她指著停車場裡一輛破舊的汽車。

「它停在這裡安全嗎？」

「我不確定。剛剛有幾個黑鬍子外國人鬼鬼祟祟地圍著它轉。」

凱斯琳警覺地看著他。

「真的嗎？」她發現他在笑，「你說什麼我都會信，」她說，「你說話有種溫柔的說服力。我不懂為什麼所有人都那麼怕你。」她帶著欣賞的目光打量著他——他臉上的蒼白讓人擔心，那蒼白在下午的陽光中更為怵目。「你工作很辛苦嗎？你星期日真的都在工作？」

他回應了她的關心，既不冷漠也不敷衍。

「並不都是。以前我們有——一棟帶游泳池的房子，週日會有朋友來，我會打網球，還會游泳，但現在不游泳了。」

「為什麼？游泳對你有好處。我以為所有美國人都游泳。」

「幾年前我的腿變得很瘦，去泳池會尷尬。以前我會很多事——很多，小時候會玩手球，到這裡時也玩——可惜我的手球場被一場暴風雨毀了。」

「你的體格很好。」她禮貌地恭維，其實只是想說他削瘦卻仍顯優雅。

他搖搖頭，否定了她的評價。

「我最喜歡工作，」他說，「我的工作非常適合我。」

「你一直就是想從事電影這一行嗎？」

「不。小時候我想做個重要的文職人員——知道所有東西放在哪裡的人。」

她笑了。

「這真有趣，你現在遠遠不止是文職人員了。」

「不，我就是個首席文職人員，」斯塔爾說，「如果說我有什麼天賦的話，那就是這個。只不過坐上這個位置後，我發現沒人知道東西在哪裡，還發現坐上這個位置的人必須要知道東西為什麼在那裡，並決定它們是否該留在那裡。接著他們就把事情都丟給我。這裡的事務非常繁瑣，但我很快就掌握了解答所有難題的鑰匙，如果我現在把鑰匙還給他們，他們甚至弄不清楚該用哪把鑰匙開哪個鎖。」

車子在紅燈前停下，一個報童對著他喊：「米老鼠遇害，倫道夫．赫斯特向中國宣戰！」

「我們得跟他買份報紙。」她說道。

車子開動後，她理了理帽子，撥弄頭髮，看到他正注視著自己，笑了。她警覺又冷靜自若——這在當時的女性中很罕見。加州到處都是疲憊的亡命之徒，倦怠感瀰漫各處。那些焦慮緊張的年輕男女，精神上還活在東岸，與這裡整個生活環境徒勞地抗衡。誰都知道，要在這裡持續努力過日子有多困難——這點就連斯塔爾自己也沒承認過。他只知道，每過一段時間，那些從別處來的人都會迸發出一股純粹的新能量。

現在他們相處融洽，沒有任何舉措不符她優美的形象，她的一切都那麼恰到好處。他拿審視電影鏡頭的方式在權衡她，她不浮華、不徬徨，帶著一種清晰——這是他個人的定義，意思是整體的平衡、精緻和比例。在他眼中，她就是「美好」。

車子開到聖塔莫尼卡，那裡的海濱別墅住了十幾位電影明星，同時被人滿為患的遊樂場包圍。他們沿著山坡往下走，眼前是開闊的藍天和海洋，然後沿著海岸繼續前行，沙灘在他們腳下延展開來。

「我正在這裡蓋房子，」斯塔爾說，「比這裡更遠一點。我也不知道為什麼要這麼做。」

「也許是為了我。」她說。

「也許是吧。」

「你要為我建造一棟大房子，卻連我是什麼模樣都不知道，你真是太棒了。」

「房子不會太大，而且還沒有屋頂。我不知道你會想要什麼樣的屋頂。」

「不需要屋頂。有人說這裡從不下雨。」

她忽然停下腳步，他意識到她應該是聯想到了什麼。

「我想起一些過去的事。」她說。

「什麼事？」他追問，「另一棟沒有屋頂的房子？」

「是的，另一棟沒有屋頂的房子。」

「你在那裡幸福嗎？」

「我跟一個男人住在那裡，」她說，「住了很長的一段時間——太長了，這是人們都會犯的可怕錯誤之一。我動念想離開後，仍然繼續和他住在一起很久，他不肯讓我走。他試過放手，但做不到。最後是我逃跑了。」

他聽著，衡量此事的輕重，但不下論斷。在那頂玫瑰色與藍色相間的帽子下，一切都沒改變。她大概二十五歲，這年紀如果沒愛過人、也沒被人愛過，那是種浪費。

「我跟他靠得太近了，」她說，「或許我們該有孩子——以保持距離。但是當房子沒有屋頂時，你是無法要孩子的。」

好吧，現在他對她多了一些了解。這不像昨晚，見面時總有一個聲音在提醒他：「我們對這個女孩一無所知。我們不需要知道太多——但必須稍微知道一點。」現在則有個模糊的背景在她身後出現，比月光下的濕婆神像更具體。

到了餐廳，四周停滿週日前來的汽車，令人望而生畏。下車時，那隻訓練有素的海豹向斯塔爾發出熟悉的低吼。海豹主人說，海豹從不坐汽車後座，牠都會從後座爬到前面。顯然，這個人已經受制於海豹，只是他自己還沒意識到。

「我想看看你正在蓋的房子，」凱斯琳說，「我不想喝茶——想喝茶的時刻已經過去了。」

凱斯琳改喝可樂，接著他們向前開了十英哩，太陽明亮得刺眼，他從儲物格裡拿出兩副太陽眼鏡，又開了五英哩路，轉入一個小半島，來到蓋房子的工地。

一陣逆風從太陽的方向襲捲而來，將浪花高高掀起，拍打岩石，又潑濺到車上。眼前是混凝土攪拌機、裸露的木材以及垃圾，醒目得像海景中一道開放的傷口，等待著在週日結束後癒合。他們繞到工地正面，那邊有幾塊將用來搭蓋露台的岩石。

她看了看後面林木稀疏的小山，微微皺眉，斯塔爾看在眼裡。

「別去找那些這裡沒有的東西，」他輕快地說，「想像你站在一個地球儀上——小時候我一直想要一個地球儀。」

「我懂，」她過了一會兒說，「這樣想就能感受到地球轉動，是不是？」

他點點頭。

「是的。一切都是**暫時的**——然後等待晨光或月光的到來。」

他們走到鷹架底下，踏入一處空曠，這裡將來會是客廳，現在已近完工並設置了書架、窗簾桿和為放映機設計的地板暗門。這房間連接陽台的地方甚至已經擺放了靠墊和椅子，還有一張乒乓球桌。新鋪的草坪上有另一張乒乓球桌。

「我上星期剛辦了一場暖屋午宴，」他說，「我讓人把一些東西先搬過來——草坪以及一些別的。我想看看這個地方的感覺。」

她突然笑了。

「草坪，那是真的草嗎？」

「喔，是——是真草。」

在這片象徵性的草坪盡頭，有個為了蓋游泳池而挖好的坑，一群海鷗盤據坑中，看到他們走近便飛走。

「你打算一個人住在這裡嗎？」她問他：「——連跳舞取樂的女性都沒有？」

「很可能。以前我會先計畫好，但現在不了。這裡是我看劇本的地方，工作室才是我真正的家。」

「果然是我所知道的美國生意人。」

她這話不無批評之意。

「人只能做自己與生俱來擅長的事，」他溫和地說，「每個月都會有人試圖說服我，說我這樣賣命，等老到沒辦法工作時會變得很無趣。不過，事情沒那麼簡單。」

風勢越來越大，表示他們該離開了。他從口袋掏出車鑰匙，心不在焉地搖出叮噹響。這時，陽光下某個角落傳來銀鈴般的電話聲。

電話聲並不是從這棟房子裡傳出來的，他們於是往花園去找，像在玩「冷熱感應」遊戲——最後在網球場旁的工具棚找到。電話就掛在棚牆上，彷彿等了太久而不耐煩地發出懷疑之聲。斯塔爾猶豫了一下。

「要不要讓這該死的電話響下去？」

「不行。除非我知道是誰打來的。」

「可能是找別人的，也可能只是猜個號碼隨便打。」

他拿起聽筒。

「喂……長途電話？從哪裡打來的？是的，我是斯塔爾。」

他的神情明顯起了變化。凱斯琳見到了過去十年裡少有人能看到的情景：斯塔爾一臉吃驚。但這也許不能算罕見，畢竟他經常裝作對某些事很吃驚的樣子，這能讓他瞬間年輕幾分。

「是總統。」他頗嚴肅地向她解釋。

「你公司的總裁？」

「不，是美國總統。」

他試圖表現得輕鬆，好讓她不覺得有什麼特別，但語氣難掩興奮。

「好的，我等。」他對著電話說，然後又向凱斯琳說：「我和他談過話。」

她看著他。他對她笑一笑，眨了下眼，示意他必須好好接聽這通電話，但也沒有忘記她。

「喂。」他終於說，聽了一會兒又說：「喂。」並皺起眉頭。

「能不能再大聲點？」他禮貌地說，然後問：「誰？……什麼？」

她看到他臉上出現厭惡的表情。

「我不想和牠說話，」他說：「不要！」

他轉向凱斯琳。

「信不信由你，電話那頭是隻猩猩。」

他聽著電話另一端的解釋，又重複一遍：

「我不想和牠說話，盧。我沒有任何話要對一隻猩猩說。」

他示意凱斯琳過來。當她靠近時，他把話筒遞給她，她聽到一陣奇怪的呼吸聲和粗啞的低吼，接著電話中傳來一個聲音：

「這不是假的，蒙羅。牠會說話，還長得和麥金利一模一樣。霍勒斯．威克瑟姆就在我旁邊，手裡拿著麥金利的照片。」

斯塔爾耐著性子聽著。

「我們已經有一隻黑猩猩了，」過了一會兒他說，「去年牠咬了約翰・吉爾伯特一大口……好吧，讓牠再過來聽一次。」

他像對孩子一樣正式地說：

「喂，猩猩。」

他臉上的神情開始轉變，轉向凱斯琳。

「牠說喂。」

「問牠叫什麼名字。」凱斯琳建議。

「喂，猩猩——天啊，這到底是什麼！——你知道自己的名字嗎？……牠似乎不知道……聽著，盧，我們沒有要拍《金剛》那樣的電影，《長毛猿》裡也沒有猩猩……當然，我確定。我很抱歉，盧，再見。」

斯塔爾有些惱火，因為他以為是總統打來的電話，也配合改變態度準備要接聽。他覺得很可笑，凱斯琳則覺得遺憾，因為他能跟猩猩通電話反而讓她更加喜歡他。

他們沿著海岸線折返，夕陽落在身後。離開前，海邊房子變得更加可親，彷佛他們的造訪溫暖了它——那地方原本閃耀著冰冷的光芒，若不是必須受困於此，其實還可以忍受，不像是困在月球表面的人，既無助又孤單。從海岸的彎道回頭望，尚未完工的建築物後方，天空開始泛起紅暈，那片陸地看上去有如友善的小島，預示著未來的某一天將有美好時光。

車子經過馬里布，那裡五光十色的小屋和釣船把他們帶返現實世界。路邊停滿了車，沙灘就像沒有秩序的蟻丘，唯一的規律是那些點綴在海中、隨海浪起伏的黑色頭顱。

從城市裡來的東西越來越多——毯子、蓆子、遮陽傘、便攜爐、裝滿衣物的提袋——這些被都市囚禁的人們將鐐銬暫時鋪在沙灘上。如果斯塔爾願意，他可以占有這片海洋，支配它——其他人不過是被默許將手腳探入此人狂野清涼的泉源，沾染其濕潤。

斯塔爾駕車從海邊轉入峽谷，沿著山路前行。周圍人群漸稀，山丘轉成城市的邊緣，他們停下來加油，斯塔爾就站在車旁。

「我們可以一起吃晚飯。」他焦急地說。

「你有工作要做吧。」

「沒有——我沒有計畫。我們不能一起吃晚飯嗎？」

他曉得她也沒有特別的安排。

她妥協了。

「想不想去對面那間雜貨店隨便吃點東西？」

他試探地看向那邊。

「真的嗎？」

「我喜歡在美國的雜貨店吃東西。感覺新鮮又有趣。」

他們坐上高高的凳子，點了番茄湯和熱三明治。這比他們做過的任何事都更親密，兩人都感覺到一種帶了危險氣息的孤獨，也知道對方有同樣的感受。他們共享著店裡的苦澀、甜美和酸楚，還有店員的神祕——她的頭髮只染了外層，底下還是黝黑色。兩人吃完後，空盤成了靜物畫——一小塊馬鈴薯、切片黃瓜和一顆橄欖核。

街道上，黃昏已經來臨，等他們再次回到車上時，對著他微笑已經難不倒她。

「非常感謝。這是個美好的下午。」

此地距離她家不遠，他們開始感受到山路的起伏，車子以二檔低速行駛，轟隆聲預示著這一切終將結束。山坡邊的平房一一亮起燈——他打開車燈，感受到胃部的沉重。

「我們再去繞一圈吧。」

「不，」她迅速說道，彷彿早已預料到這一刻。「我會給你寫信。我很抱歉一直這麼神祕——但這其實是一種贊美，因為我真的很喜歡你。你應該試著不要工作得那麼辛苦。你應該再婚。」

「喔，這不是你該說的話，」他抗議道，「今天是我們兩人的時光，對你可能沒什麼意義——但是對我來說很重要。我希望能有時間告訴你我的感受。」

可如果他還想要相處的時間，就必須去她家裡。他們已經到了。她搖頭時，車子就停在她家門前。

「我必須走了。我確實有個約，只是沒告訴你。」

「我相信那不是真的，不過沒關係。」

他陪她走到門口，站在那天夜裡站過的位置，她正從皮包裡找鑰匙。

「找到了嗎？」

「找到了。」她說。

那一刻，她本該進去了，但她還想再多看他一眼。她將頭向左探，又向右傾，試圖在暮光中捕捉他的表情。她花了太長的時間尋找，當他的手輕碰到她的上臂和肩膀時，順勢將她擁向了他喉間的黑暗。她閉上眼，手裡還緊握著鑰匙，感受到它稜角分明的刺感。她低聲嘆道：「喔。」接著又輕輕地重複一聲：「喔。」他將她拉近，下巴溫柔地推著她的臉頰，兩人微微地笑起來。當他們將最後的距離融進黑暗時，她再次蹙眉，顯得不安又糾結。

兩人分開後，她依舊搖著頭，但其中更多是驚訝，而非拒絕。事情就這樣發生了，全怪她。現在回想，是從哪一刻開始的呢？一切就這樣發生了，每當她想從中掙脫，束縛就變得更重，更難以想像。他充滿了喜悅，她卻心生抵抗，但又無法責怪他，只是她絕對不可能成為他喜悅的一部分。對她來說，這是一次失敗，到目前為止都是一場失敗。然而就算剛才她成功轉身進屋，阻止了這場失敗，也不會讓這一切就變成勝利，只會什麼都沒有留下。

「這不是我預想的，」她說，「完全不是。」

「我可以進去嗎？」

「喔，不——不可以。」

「那我們再上車兜兜風吧。」

她鬆了口氣，抓住了這個提議——以便立即離開這個地方，這才算是某種成功，至少表面上是這樣——成功地逃離犯罪現場。於是他們上了車，沿著山坡下行，涼爽的微風迎面吹來，她漸漸恢復平靜，一切都變得清晰而分明。

「我們回去你海邊的房子吧。」她說。

「回去？」

「是的——回去你的房子。別說話，我只是想坐車兜風。」

當他們再次來到海岸邊，天色轉為灰濛。等到了聖塔莫尼卡，一陣突如其來的雨打在他們身上。斯塔爾將車子停在路邊，穿上雨衣，拉起帆布車篷。

「我們有屋頂了。」他說。

雨刷像老祖父的鐘擺規律地刷著。濕漉漉的沙灘上，只見一輛又一輛車駛回城裡。接著他們駛入濃霧之中——道路兩旁的邊界變得模糊不清，對向車輛的燈光在他們面前彷彿定住不動，等到靠近時又猛然掠過。

他們把一部分的自己拋在身後，輕鬆自由地坐在車裡。霧氣從車窗縫隙滲進來，凱斯琳緩緩摘下那頂玫瑰色與藍色相間的帽子，他一直注視著她的一舉一動。她把帽子塞進後座的帆布袋下，甩了甩頭髮，看到斯塔爾正看著她，便面露微笑。

從海邊看去，訓練海豹的餐館只剩下一片微弱的光。斯塔爾搖下車窗，試著尋找地標，又開了幾英哩後，霧氣才漸漸散去，前方道路上出現通往他房子的轉彎。月亮就藏在雲後，海上閃爍著月光。

那棟屋子似乎重新融入了建材之中。他們找到一扇滴著水的門框，小心翼翼地穿過高度及腰的障礙物，進入唯一完工的房間。房裡瀰漫著鋸屑和濕木頭的氣味。當他抱住她時，剛好能在半明半暗中看清楚彼此的眼睛。不久，他的雨衣滑落地上。

「等等。」她說。

她需要一分鐘。她知道這一切不會帶來任何好的結果，但這並不阻礙她感到快樂和渴望，只是她需要時間去回顧一個小時前的一切，弄清楚這是怎麼發生的。她依偎在他懷裡，輕輕地搖著頭，比之前更輕，可目光始終沒有離開他。然後，她發現他在顫抖。

他也意識到了，於是放鬆雙臂。她用略顯粗魯又挑逗的語氣對他說話，將他的臉拉向自己。隨後，她用膝蓋掙脫了某樣東西，仍然站著，以單手抱住他，將那東西踢到地上，和雨衣落在一起。他不再顫抖，而是抱緊了她，他們一起跪下，倒向地上的雨衣。

事後，他們默默地躺著。他滿懷愛意地抱著她好一會兒，因為抱得太緊，讓她的洋裝裂開了一道小縫，這細微的裂開聲讓他們回到了現實。

「我扶你起來吧。」他說，握住她的手。

「先不要。我在想事情。」

她躺在黑暗中，胡思亂想著這會是一個多麼明亮、精力充沛的孩子，但隨後她讓他扶自己起來……當她回到房裡時，一盞燈亮了起來。

「這是照明設定，」他說，「要我關掉嗎？」

「不用了，很好。我想看著你。」

他們坐在窗台的木框上，鞋子輕輕相觸。

「你好遙遠。」她說。

「你也是。」

「你驚訝嗎？」

「驚訝什麼？」

「我們又是兩個人了。你難道不覺得——就算我們合為一體，到頭來還是兩個人？」

「我覺得和你很親近。」

「我也是。」她說。

「謝謝。」

「謝謝？」

他們笑了起來。

「這是你想要的嗎？」她問，「我是說昨晚。」

「不是有意識的。」

「我很好奇你是什麼時候決定的，」她若有所思地說，「總有那麼一個時刻，你可以選擇不去做；然後又有另一個時刻，你知道它無論如何都會發生。」

這聽起來像是經驗之談，可出乎意料的是，這反而讓他更加地喜歡她。在他心裡，這種既重現又不完全重複過去的渴望，讓一切都變得如此自然。

「我算是個隨興的人吧，」順著他的思緒，她說，「這大概也是為什麼我沒有看出艾德娜的本質。」

「艾德娜是誰？」

「你誤認成我的那個女孩。你給她打了電話，她住在我家對面。不過她搬去聖塔芭芭拉了。」

「你說她是個妓女？」

「好像是。她會去那些你們所謂的妓院。」

「真有趣。」

「如果她是英國人，我一眼就能看出來。但她看起來和別人沒什麼兩樣。她臨走前才告訴我的。」

他看到她打了個寒顫，於是站起來將雨衣披到她肩上。他打開壁櫥，一堆枕頭和沙灘墊掉到地上。他從中找到一盒蠟燭，點燃幾支，並用暖爐代替了燈泡。

「艾德娜為什麼怕我？」他突然問。

「因為你是個製片人。她有過糟糕的經歷，也或者是她朋友遇過。不過我覺得她非常愚蠢。」

「你怎麼認識她的？」

「她自己找來的。也許她以為我是她的墮落姐妹之一。她看起來很和善，總是對別人說『叫我艾德娜』——『請叫我艾德娜』，於是我就叫她艾德娜，並跟她成為了朋友。」

她從窗台起身，好讓他將枕頭鋪上窗台及她身後。

「我還能怎麼樣呢？」她說，「我就是個寄生蟲。」

「不，你不是。」他摟住她，「別動，暖和一下。」

他們安靜地坐了一會兒。

「我知道你最初為什麼喜歡我，」她說，「艾德娜告訴我了。」

「她告訴你什麼？」

「她說我長得像——米娜．戴維斯。好幾個人都這麼說。」

他稍微拉開些距離，點了點頭。

「這裡，」她說，雙手放上顴骨，又稍微扭曲了一下臉頰，「這裡和這裡。」

「是的，」斯塔爾說，「這真的很奇怪，你比她在銀幕上的樣子更像**真實中**的她。」

她站了起來，似乎對這個話題感到害怕，想要藉由動一動來轉換話題。

「我現在暖和了。」說完，她走到衣櫥前看了看，有條小圍裙，上面是雪花般的晶體圖案。她環顧四周，審視著。

「當然，我們剛搬來，」她說，「——有一些傳言。」

她打開陽台的門，拉進兩把藤椅，擦乾椅子上的水。他專注地看著她，心裡隱隱覺得害怕，怕她的動作會突然失去協調，打破這股魔力。他曾在試鏡時看過許多美麗的女人在鏡頭下逐秒失去魅力，像一座精美的雕像突然僵硬，也像關節單薄的紙娃娃。但凱斯琳站得穩穩的，腳掌輕盈地落在地面——她的脆弱感只是幻覺，而且恰到好處。

「雨停了，」她說，「我來的那天也下雨，是場可怕的暴雨——聲音大得像是馬在撒尿。」

他笑了。

「你會喜歡這裡的。尤其如果你必須留下來的話。你要留在這裡嗎？現在能告訴我了嗎？你到底有什麼祕密？」

她搖了搖頭。

「現在還不能說——說了也沒意思。」

「你過來。」

她走過去，站在他身旁，他把臉輕輕貼到她身上那條圍裙上。

「你太疲憊了。」她邊說邊把手插入他的濃髮。

「別這樣。」

「我不是那個意思，」她急忙解釋，「我是說你會把自己累出病的。」

「別像我媽一樣。」他說。

「好吧，那我該像什麼？」

放蕩女，他心想。他想打破生活框架，如果他真像兩名醫生所說的那樣活不了多久，他想暫時放下「斯塔爾」這個身分，像那些無名無姓、身無分文的男人一樣，走在夜晚的街道上尋覓愛情。

「把我的圍裙脫了。」她輕聲說。

「好。」

「會有人從海灘經過嗎？要不要吹熄蠟燭？」

「不，不要吹熄。」

之後，她半倚在白色的靠墊上，抬頭對他微笑。

「我像是《海之維納斯》裡的女神。」她說。

「你怎麼會想到她？」

「看看我——這不就是波提切利畫裡的樣子嗎？」

「我不懂，」他微笑著說，「但既然你這麼說，那就是了。」

她打了個哈欠。

「我今天玩得很開心。而且，我真的很喜歡你。」

「你懂得很多，不是嗎？」

「這是什麼意思？」

「喔，你說話的一些小細節，還有說話方式。」

她思索了下。

「我沒上過什麼學，」她說，「如果你指的是念大學的話，我沒上過大學。但我之前跟你提過的那個人，他什麼都懂，而且特別喜歡教育我。他幫我制定課程，讓我去索邦大學上課，還讓我去博物館。我在那裡學到一些東西。」

「他是做什麼的？」

「算是個畫家，也是個瘋子，還有很多其他身分。他想讓我讀史賓格勒——所有歷史、哲學、和諧理論等，都是為了讓我可以讀史賓格勒。但就在我們快要讀史賓格勒之前，我離開了他。我猜他最後不肯放我走，大概也是因為這個。」

「史賓格勒是誰？」

「我說了，我還沒讀到。」她笑著說，「後來我慢慢把那些東西都忘了，因為我想我不會再遇到像他那樣的人了。」

「喔，你不該忘記的。」斯塔爾震驚地說。他對學問有一種深深的敬意，那是他血脈裡對猶太學校的記憶。「你不該忘記。」

「我只是孩子的替代品。」

「你可以教你的孩子。」他說。

「我可以嗎？」

「當然可以。你可以在他們小的時候教他們。而我呢，如果我想知道點什麼，還得去問那些酗酒的作家，所以你可別浪費了。」

「好吧。」她站起身說，「我會教孩子的。但這條路漫無止境——你懂得越多，就會發現前面還有更多要學，永遠沒有盡頭。那個人如果不是懦夫、沒有那麼傻，他本該能成就一番偉業。」

「你愛過他。」

「喔，是的——我全心全意愛過他。」她望著窗外，瞇起了眼。「天亮了，我們到海灘去看看吧。」

斯塔爾猛地跳起來，喊道：「天啊，我想是銀魚！」

「什麼？」

「就是今晚，報紙上都登了。」他快步走出去。凱斯琳聽見他打開車門的聲音。一會兒後，他拿著報紙回來。

「十點十六分，就是五分鐘後。」

「日蝕還是月蝕？」

「是一種非常守時的魚。」他說，「把鞋襪脫了，跟我來。」

夜色湛藍，退潮正要開始，小小的銀色魚兒聚在海面下，等待著十點十六分的到來。就在那一刻，潮水湧了上來，魚兒成群結隊地衝上海灘，斯塔爾和凱斯琳赤腳踏過沙灘，腳下的小魚輕盈地翻騰，濺起水花。一名黑人男子沿著岸邊走來，快速地收集銀魚，像撿樹枝一樣把魚放進兩個桶裡。成雙成對、成排成列的銀魚湧上來，帶著無情的、狂熱的、自豪的氣息，圍繞著入侵者裸露的大腳，就像幾個世紀前，牠們在法蘭西斯・德瑞克爵士立下海洋紀念碑時那樣。

「我想要再一個桶。」黑人男子停下來歇了會兒，說道。

「你走得挺遠的。」斯塔爾說。

「我以前會去馬里布，但那裡的電影人不歡迎我。」

一波浪潮湧來，把他們逼退，浪花迅速退去，又在沙灘上留下一片跳躍的銀色生靈。

「這趟遠路值得嗎？」斯塔爾問。

「我不會那樣想。我來這裡是為了讀愛默生。」黑人男子說，「你們讀過他的書嗎？」

「我讀過一點。」凱斯琳說。

「我把他的書藏在襯衫裡。我還帶了些玫瑰十字會的書，不過我已經厭倦他們了。」

風稍微轉了方向，遠處的浪花變得更加洶湧。他們沿著海邊泡沫繼續走著。

「你是做什麼的？」黑人男子問斯塔爾。

「我是做電影的。」

「喔。」過了一會兒，他補充道：「我從來不看電影。」

「為什麼？」斯塔爾敏銳地問。

「沒有好處。我也從不讓我孩子看。」

斯塔爾凝視著他，凱斯琳則帶著些許保護的目光看向斯塔爾。

「有些電影還是不錯的。」她說，話音被一陣浪花的拍擊聲蓋過，那名男子沒聽見。她覺得自己可以反駁他，於是又說一遍，這次他漠然地看了她一眼。

「玫瑰十字會反對電影嗎？」斯塔爾問。

「他們好像不知道自己**支持**什麼。這個星期是這個，下星期又換另一個。」

只有那些小魚是確定的。半小時過去，牠們仍然不斷地湧上來。黑人男子的兩個桶子都裝滿了，最後，他提著桶子走向公路，渾然不覺自己剛才動搖了一整個產業。

斯塔爾和凱斯琳一起走回屋子，她思索著該如何驅散他一時的憂鬱。

「可憐的老桑博。」她說。

「什麼？」

「你們不都叫他們『可憐的老桑博』嗎？」

「我不會特地給他們什麼稱號。」他沉默了一會兒後，補充道：「他們也有自己的電影。」

回到屋裡，她坐在暖爐前穿上鞋襪。

「我好像更喜歡加利福尼亞了。」她故意說，「我想我之前有點性壓抑。」

「不止這個原因吧？」

「你知道不止。」

「能靠近你，真好。」

她起身時輕輕嘆了口氣，細微得他沒有注意到。

「我不想現在失去你。」他說，「我不知道你是怎麼看我的，或者你可能根本沒想過我。你或許已經猜到，我的心本已埋進墳墓——」他頓了一下，思索著這是否完全正確。「——但是從不知什麼時候起，你是我遇到的最有吸引力的女人，我無法停止注視著你。我現在甚至不確定你的眼睛到底是什麼顏色，但它們讓我對這世上所有人感到可惜……」

「停下，停下！」她笑著喊道，「你會讓我對著鏡子看上好幾個星期。我的眼睛根本沒有顏色——它們就是用來看的，我再普通不過了。倒是我的牙齒，作為一個英國女孩還算不錯。」

「你的牙齒很美。」

「——但我可比不上這裡的那些漂亮女孩。」

「**你**才該停下。」他說，「我都是認真的，我是個謹慎的人。」

她靜靜地站了一會兒——思考著，看著他，然後回望自己的內心，再看向他——放棄了那個念頭。

「我們該走了。」她說。

當他們再次駛上公路時，彼此都已不再是同樣的兩個人。今天他們已經四次沿著這條海岸公路行駛，每次都是不同身分。好奇、悲傷和慾望被留在了身後，現在，他們終於回歸自己，回歸所有過去與未來，回歸明天正在逼近的現實。他讓她在車裡坐得靠近他一些，她照做了，但他們並沒有真正地靠近——因為要感覺靠近，必須彼此之間的距離不斷拉近；而現在，一切都在流動，沒有什麼是靜止的。他幾乎要脫口邀請她去他今晚租住的房子過夜——但他覺得這樣說會讓自己顯得孤單。當車子駛上通往她家的山坡時，凱斯琳開始在座椅後面翻找什麼。

「你丟了什麼嗎？」

「可能掉出來了。」她在黑暗中摸索著手拿包。

「什麼東西？」

「一封信。」

「重要嗎？」

「不重要。」

但當他們到達她家，斯塔爾打開儀錶板的光時，她還是把坐墊掀起來又找了一遍。

「沒關係。」她說，和他一起走向門口，「你真正的住址在哪裡？」

「就在貝爾艾爾，沒有門牌號碼。」

「貝爾艾爾在哪裡？」

「算是一片開發區，靠近聖塔莫尼卡。但你最好打電話到公司找我。」

「好吧……晚安，斯塔爾先生。」

「斯塔爾**先生**？」他驚訝地重複。

她溫和地更正道：「好吧，晚安，斯塔爾，這樣可以嗎？」

他感覺自己被輕輕推遠了一點。

「你決定就好。」他說。他不想感受這股疏離。他依舊看著她，微微搖頭，以慣用的動作無聲地表達：「你知道我經歷了什麼。」她輕輕嘆了口氣，然後倒進他的懷裡，短暫地完全屬於他。在狀況可能發生任何變化之前，斯塔爾低聲道了晚安，轉身離開，上了車。

沿著山路蜿蜒而下，他傾聽著自己的心，那裡彷彿有一首由陌生作曲家所做的強勁而奇異的新旋律即將響起。曲子的主旋律浮現，但因為作曲家是新的，他一時辨別不出那就是主旋律。那可能是從山下五光十色的大道上傳來的汽車喇叭聲，也可能是微不可聞、從月色中隱約傳來的低沉鼓點。他屏息傾聽，只知道有音樂正在響起，嶄新的音樂，他喜歡，但無法完全理解。這一刻，他無法預見結局，因為這不是他能輕易掌控的旋律。

此外，另一個揮之不去的念頭與之前的思緒交織在一起，就是沙灘上的黑人。他在家裡等著斯塔爾，和他那兩桶銀色的魚，他也會在明天早上等在片場。他說他不讓自己的孩子聽斯塔爾講的故事。他帶著偏見。他錯了，必須以某種方式讓他發現自己的錯誤。用一部電影、許多部電影，甚至整整十年的電影，去讓他明白自己的誤解。從他開口的那一刻起，斯塔爾就將四部電影從他的計畫中剔除了，其中一部原本將於本週開拍。那些電影本來就讓人遲疑，能否吸引觀眾尚不可知，但至少，他把它們拿來衡量了一下，發現在那個黑人面前它們毫無價值。但他重新拾回了一部製作艱難的作品，一部他原本已經放棄，交給布雷迪、馬庫斯或其他人以換取在其他項目上能堅持的電影。他將這部電影救了回來，為了那個黑人。

當車開到家門口時，門廊的燈亮了，菲律賓僕人走下台階來幫他把車停好。斯塔爾回到書房，看到一張來電留言單：

拉·博爾維茨
馬庫斯
哈洛
雷蒙德
費爾班克斯
布雷迪
科爾曼
斯庫拉斯

佛來夏……

菲律賓僕人走進房間，遞給他一封信。

「這是落在車裡的。」

「謝謝。」斯塔爾說，「我正在找它。」

「您今晚要放電影嗎，斯塔爾先生？」

「不用了，謝謝，你可以去睡了。」

令他驚訝的是，這封信的收件人是蒙羅·斯塔爾先生。他正要拆開信封，忽然想到，她或許就是想找回這封信，不想讓他看到。如果她有電話，他就會先打電話徵求她的同意再打開。他猶豫了一下。這封信是在他們見面之前寫的——無論信裡寫了什麼，現在都已失去意義，變成了一份象徵過往心情的紀念品，令他感到奇妙。

即便如此，他仍然不願在未經允許的情況下讀它。他把信放到一疊劇本旁，拿起最上面的一本坐下。他為自己抵抗住在第一時間打開信的衝動感到自豪，這似乎證明了他沒有「失去理智」。他從未因米娜失去理智，即便是在最初的時候——那是一樁最恰當、最尊貴的結合。她一直深愛著他，而在她去世前不久，他不情願地、驚訝地發現，自己的溫柔驟然爆發，席捲而來，他真正愛上了她。他愛上了米娜，也愛上了死亡——愛上了那個她孤獨無依的世界，以至於他渴望與她一同前往。

但「為女人神魂顛倒」從未成為他的執念——他的兄長被女人毀了，或者說是被一個又一個女人毀了。而斯塔爾，他年輕時對女人，向來只碰一次，從不留戀——就像他對酒一樣：只喝一杯，不再續飲。他的冒險精神從來都另有所屬——他的心靈需要更高層次的追求，而非一連串情感上的放縱。和許多天才一樣，他在成長過程中經歷了極度的冷漠。大概從十二歲起，他就擁有非凡的洞察力，並由此產生了一種徹底的否定——就像天才常有的那種完全拒絕接受現實的態度。他對自己說：「聽著，這一切都錯了——一切都是混亂、謊言和騙局。」於是，他將一切推翻，掃除乾淨，和其他同類型的人一樣。但不同的是，他沒有成為一個冷漠無情的混蛋，而是看著這片荒蕪的廢墟，對自己說：「**這樣**不行。」於是他開始學著寬容、善良、忍讓，甚至學會了愛，就像在課堂上學習知識那樣。菲律賓僕人端來一壺水和幾碗堅果及水果，然後道了晚安。斯塔爾打開第一部劇本，開始讀。

他讀了三個小時——時不時停下來，憑直覺進行編輯，卻不需要筆。有時候他會抬起頭，心裡湧起一股模糊但愉悅的情緒，這種幸福感並非來自劇本。他每次都需要一兩分鐘才能想起那是什麼。然後他意識到，是凱斯琳，他看了看那封信——能獲得一封信真是件美妙的事。

凌晨三點，他手背上的血管開始跳動，提醒他該停下了。隨著夜色漸漸消退，凱斯琳的影像也越來越遙遠——她的各種模樣匯聚成一個單一的、令人心潮澎湃的陌生人，與他僅僅共享了短暫的幾小時。他覺得現在打開那封信也無妨。

親愛的斯塔爾先生：

再過半小時，我就要去赴你的約了。當我們道別時，我會把這封信交給你。信裡要告訴你，我很快就要結婚了，今天之後，我們不會再見面。

我本該昨晚就告訴你，但當時覺得這事和你無關。而且，花一個美好的下午來說這些，並眼看著你的興趣一點點消退，太愚蠢了。不如就讓它現在一下子淡去吧。我已經告訴了你足夠多的訊息，讓你相信，我並不是誰的「珍貴寶貝」。（這句話是昨晚的女主人教我的，她剛剛打電話來，費了一個小時。她似乎覺得所有人都是「珍貴寶貝」——除了你。我想，她是希望我轉達你這一點，所以如果你能給她安排一份工作，請幫幫她。）

我真的受寵若驚，像你這樣見過那麼多美麗女人的人——這句話我寫不下去，但你明白我的意思。而現在，如果我再不出發去見你，就要遲到了。

衷心祝福你

凱斯琳・摩爾

看完信，斯塔爾的第一個反應是恐懼，隨之而來的念頭是這封信已經失效了——她甚至試圖找回它。但是接著，他又回想起她在最後一刻稱呼他為「斯塔爾先生」，以及向他要地址的情景——她很可能已經寫了另一封信，也是來道別的。不合情理地，他對這封信完全沒有預見兩人後來的發展，感到震驚。可是在她家門口時，她還是決定讓它生效，無視發生過的一切，將之輕描淡寫地抹去。她刻意避開了一個事實：在今天下午的那段時光裡，她的腦海中沒有任何其他男人的身影。但此刻，他已經無法相信這一點，這段經歷也開始在他腦中剝離、消散。他回憶著這一切——汽車、山坡、帽子、音樂、這封信本身——都像是從他那棟未完成的房子廢墟中被風吹散的碎片。凱斯琳離去了，帶走她留在他記憶中的姿態，她輕柔的動作，她堅實而渴望的身軀，她赤腳踩在濕漉漉的沙灘上的模樣。天空逐漸變亮又漸漸黯淡，風雨變得冰冷而沉悶，衝刷著那些被潮水帶回海裡的銀色小魚。這不過是生命中又一個普通的日子，而現在，他只剩下桌上的那堆劇本了。

他走上樓梯。在一層層樓梯上，米娜又死了一次，而他再次痛苦地、緩慢地將她遺忘，一步步走上樓。空蕩的樓層在他周圍延展開來——那些門的後面沒有任何人正在沉睡。他走進自己的房間，解下領帶、鬆開鞋帶，在床沿坐下。一切都結束了，除了他一時想不起來的某件事。然後，他突然記起——她的車子還停在飯店的停車場。他設好鬧鐘，準備睡六個小時。

我是西西莉亞，現在繼續說這個故事。

我想，如果我在這一刻追蹤自己的行蹤，應該會非常有趣——畢竟這段時間是我人生中最羞愧的一段，而人們羞於承認的事情，往往能成就一個好故事。

當我派韋利去瑪莎．多德那桌打探那個女孩的身分時，他一無所獲，但是那一刻，弄清楚她是誰成了我人生中最重要的事。同時，我猜對了——這件事對瑪莎．多德來說，也變得至關重要。想想看，跟你同桌的女孩，竟然是皇室成員的心上人，甚至可能正被安排戴上一頂小小的貴族頭銜，而你居然連她的名字都不知道！

我和瑪莎只是點頭之交，貿然去問她未免太明顯，所以，我在週一去了片場，順道拜訪簡．梅洛尼。

簡．梅洛尼是我的朋友。我對她的印象，就像孩子對家中依賴的僕人的印象。我知道她是個編劇，但我從小就以為編劇和秘書是一樣的——唯一的區別是，編劇身上通常都帶著酒精味，且更常在家裡吃飯。當他們不在的時候，人們談論他們的語氣也沒什麼不同。當然，除了那種被稱為劇作家的人——他們來自東岸。如果只是短暫逗留，人們會對他們表示尊重；如果待得太久，就會和其他人一樣被歸入「白領」階級。

簡的辦公室在「舊編劇樓」裡。每個片場都有這樣的一棟樓，像是電影默片時代遺留下來的小隔間，至今仍迴盪著那些被困在其中的寫手和混混的低沉哀嘆。據說，有位新上任的製片人有一次一路走過這棟樓，興奮地向公司高層彙報：

「那些人是誰？」

「應該是編劇吧。」

「我就覺得是。可是我觀察了他們十分鐘，發現有兩人一個字都沒寫。」

簡正在打字，準備中斷工作去吃午飯。我直截了當地告訴她，我有一個競爭對手。

「是匹黑馬。」我說，「我連她的名字都查不到。」

「喔，」簡說，「也許我知道點什麼，我聽別人提起過。」

她說的別人當然是指她的侄子奈德·索林格，斯塔爾辦公室的雜工。他曾是她的驕傲與希望，她供他讀完了紐約大學，他還曾是美式足球隊的一員。然而，在他進入醫學院的第一年，一個女孩拒絕了他，他竟然在解剖了一具女性屍體後，把其中最少被人提及的部分寄給了那個女孩。別問我為什麼。他從此身敗名裂，重新從社會最底層開始人生，至今仍滯留在那裡。

「你知道什麼？」我問。

「那天晚上發生了地震。她掉進片場後面的水裡，他跳進去救了她一命。另一個版本是，她從他的陽台跳下來，摔斷了手臂。」

「她是誰？」

「嗯，這就有趣了——」

她的電話響了，我焦急地等著她和喬·雷蒙德結束一段長通話。他似乎在電話裡想弄清楚她到底是不是一名好編劇，或者她是否真正寫過任何電影劇本，她可是傳說中當年在片場親眼見證格里菲斯發明特寫鏡頭的人！通話期間，她無聲地嘆氣，扭動身體，對著話筒做鬼臉，甚至把電話放到大腿上，讓另一頭的聲音變得微弱，一邊和我閒聊。

「**他**在幹嘛——打發時間等待下一個預約？……他的每一個問題都已經問了十遍……這些內容我早就寫在備忘錄裡發給他了。」

然後，她對著電話說道：

「如果這件事被斯塔爾知道，不要說是我搞的。我還想做到最後。」

她再次閉上眼睛，露出痛苦的表情。

「現在他開始選角了……他在挑配角……他要讓巴迪．艾布森來演……天哪，他就是太閒了沒事幹……現在他在說沃爾特．達文波特——不，他指的是唐納．克里斯普……他手裡翻著一份演員名單，我能聽到他翻頁的聲音……今天上午，他儼然成了個大人物，第二個斯塔爾，而天啊，我還得在午飯前寫完兩場戲！」

雷蒙德最終掛了電話，可能是被別人打斷了。餐廳的服務生送來簡的午飯，也給了我一瓶可口可樂——那個夏天我幾乎不吃午飯。簡在吃飯前，打字機上只寫了一行字。我對她的寫作方式很感興趣。有一次，我當場看到她和一個年輕人直接從《星期六晚郵報》上剽竊了一個故事，只改了人物設定然後開始寫劇本，每一句台詞都緊扣上一句的邏輯，當然，最後的對白就像人們在刻意表現幽默、溫柔或勇敢的樣子。我一直很想看看這部電影，但我就是錯過了。

我覺得她像一個廉價的舊玩具一樣可愛。她每週賺三千美元，但她的丈夫們都酗酒，還時不時會把她打得半死。不過，今天我不是要聊這個。

「你不知道她的名字？」我追問。

「喔——」簡說，「那件事啊。他後來一直給她打電話，但他告訴杜蘭那不是正確的名字。」

「我認為他已經找到她了。」我說，「你認識瑪莎・多德嗎？」

「那個女孩也太倒霉了！」她立刻表現出誇張的同情。

「你明天能不能邀她一起來吃午飯？」

「喔，我想有東西吃她就會答應，有間墨西哥餐廳——」

我解釋我不是想做慈善。簡答應合作，並給瑪莎・多德打了電話。

第二天，我們在比佛利山莊的布朗德比餐廳共進午餐。這間餐廳氣氛慵懶，吸引的客人總是一副隨時想要躺下的樣子。午餐時會稍微熱鬧些，女人們在用餐的五分鐘內會盡量表現出一副光鮮亮麗的模樣，但我們三人的氛圍卻很沉悶。我本來應該開門見山就問她的身分。瑪莎・多德是個「農場女孩」，她從未完全搞懂自己所經歷的，而那些經歷唯一留下的痕跡，就是她眼神中那種被消磨殆盡的疲憊。她仍然認為自己嘗過的那段生活才是真實的，現在的日子只是漫長的等待。

「一九二八年，我有一座漂亮的莊園，」她告訴我們：「三十英畝，包含一個迷你高爾夫球場，一個游泳池，還有絕美的風景。整個春天，我都淹沒在雛菊叢裡。」

最後，我邀請她去見我父親。這完全是為了贖罪——為了我見她的動機不純而羞愧。在好萊塢，動機只能單純——否則太讓人困惑了。大家彼此都心知肚明，而氣候又讓人懶散，沒有必要耍心機偽裝。

簡在片場門口和我們分別，對我的懦弱感到失望。瑪莎在心裡積攢了一些情緒——當然，經過了七年的沉寂，這股情緒並不高昂，而是帶著一種神經質的順從。我準備和父親好好談談。他們從不照顧像瑪莎・多德這樣的人，而她曾經為他們賺了那麼多錢。他們任由這些人被逐漸遺忘，在臨演的身分中勉強維生——他們要是直接把她送出城，可能還更仁慈些。父親對我這個夏天的表現非常自豪，他總是忍不住和別人分享我是如何被培養成一個完美的「珍寶」。至於，我念的那所天之驕子的學校——本寧頓，喔，上帝啊，我的心在顫抖——我曾試著告訴他，那裡其實有不少資質平庸如女僕的女子，只不過被性愛、藝術與第五大道那種絲質外衣包裝起來，但父親好像把自己想像成校友，提起這所學校就情緒激昂，想讓人以為他也是那群不凡的學生之一。「你什麼都有了。」他總是滿意地說，彷彿這是一段被妥善包裝、潔白無瑕的人生履歷，而那個「什麼都」包括了我在佛羅倫斯兩年，努力在誘惑與目光之間周旋，最終奇蹟似地成為全校唯一的處女，還有那次在波士頓的社交登場，我就像朵不情願綻放的花——那種典型的上層社會之花，盛開於「成本加毛利」所打造成的精緻花園。包裝精美、血統純正，時時微笑以免讓人發現其實根植在土石裡。

因此，我深信他一定會願意為瑪莎做點什麼。當我們走進他的辦公室時，我甚至開始夢想他是否也能為強尼．史旺森（那個牛仔）、伊芙琳．布倫特以及其他被遺忘的演員做點事。父親是個迷人且富同情心的人——除了那次我在紐約意外碰到他之外。而他畢竟是**我**父親，他會為我做任何事。

辦公室外只有羅絲瑪麗．施米爾，她正在和伯蒂．彼得斯通電話。她揮手要我先坐下，但我不想浪費時間。我告訴瑪莎放輕鬆，然後按下羅絲瑪麗桌子底下的按鈕，逕自走向敞開的門。

「你父親正在開會。」羅絲瑪麗喊道。「不是開會，但我應該——」

這時，我已經穿過門廳，打開另一扇門，我看見父親脫了襯衫，滿身是汗，正在努力打開窗戶。這天很熱，但我沒意識到有這麼熱，以為他生病了。

「不，我沒事。」他說，「你有什麼事？」

我在他的辦公室裡來回踱步，一邊對他講述瑪莎．多德這種人該如何被運用、如何確保他們能有穩定的工作。他似乎很感興趣，不斷地點頭，這讓我感覺自己和他久違地親近了一些。我走上前，在他臉頰吻了一下。他的身體在顫抖，襯衫完全被汗水浸濕。

「你不舒服嗎？」我問，「還是有什麼煩心事？」

「沒有，一點都沒有。」

「那到底是怎麼回事？」

「喔，是蒙羅。」他說，「那個該死的電影耶穌！整天纏著我，甩都甩不掉！」

「發生什麼事了？」我問，刻意讓語氣冷靜。

「喔，他就像個小神父或者精神領袖那樣坐在那裡，說著他要做什麼及不做什麼。我現在說不清楚——我快瘋了。你為什麼還不走？」

「我不想看你這樣。」

「你走吧！」他吼道。

我在他身上嗅了嗅，他從不喝酒。

「梳一下頭髮吧。」我說，「我想讓你見見瑪莎·多德。」

「在這裡？這樣以後我就甩不掉她了。」

「那就去外面吧。你先洗把臉，換件襯衫。」

他做了個誇張的絕望手勢，然後走進一旁的小浴室。辦公室裡悶熱得像是封閉了好幾個小時，也許這就是造成他不適的原因。我打開兩扇窗戶。

「你先走吧，」他從浴室裡喊道，「我一會兒就過去。」

「對她好一點，」我叮囑道，「別搞得像是在施捨。」

就在這時，突然傳出一聲長長的低吟，彷彿是瑪莎在對自己說話。我猛地一驚，然後呆住了，因為那聲音再次響起，不是來自浴室（父親在那裡），也不是從外頭，而是從房裡的壁櫥傳出來的。我不知道自己哪來的勇氣，衝過去打開它。父親的秘書——伯蒂·彼得斯，赤身裸體地從壁櫥裡倒了出來——就像電影裡突然掉下來的屍體一樣。伴隨著她的摔出，一股悶熱、令人窒息的氣息撲面而來。她側身倒在地上，一手緊抓著衣物，渾身汗濕，父親這時從浴室走了出來。

我能感覺他站在我身後，甚至不需要回頭，就能精準地想像出他的表情——我以前也撞見過他這樣。

「把她蓋好。」我說，同時拿起沙發上的毛毯蓋到她身上，「快把她**蓋住**！」然後，我走出辦公室。羅絲瑪麗·施米爾看到我走出來的臉色，嚇得臉都白了。我再也沒有見過她，也沒再見過伯蒂·彼得斯。瑪莎跟著我走出去，追問：「親愛的，怎麼了？」我什麼也沒說。她繼續說：「你已經盡力了，只是時機不對。我帶你去見一個很不錯的英國女孩。那天晚上，你有看到我這桌跟斯塔爾一起跳舞的那個女孩嗎？」

就這樣，儘管付出了一點家庭醜聞的代價，我得到了我想要的。

我對之後的拜訪沒什麼印象，一方面是因為英國女孩不在家。她家的紗門沒有鎖，瑪莎於是輕車熟路地走進去，親切地喊著：「凱斯琳？」房子空蕩蕩的，像間旅館。屋裡擺放著一些花，但看上去不像是別人送的。瑪莎在桌上找到一張字條，寫著：「把衣服留下。我去找工作了。明天會過來。」

瑪莎讀了兩遍，這似乎不是寫給斯塔爾的。我們等了五分鐘。當屋裡沒人時，寂靜便格外明顯。不是說我期待會有聲音，但我還是覺得這個觀察值得一提──屋裡真的非常安靜，稱得上拘謹的安靜，只有一隻蒼蠅嗡嗡飛著，完全無視我們的存在，窗簾的一角微微飄動。

「不知道她去找什麼工作。」瑪莎嘀咕著，「上週日，她和斯塔爾去了某個地方。」

但我已經不感興趣了。我突然覺得待在這裡很不舒服──我心生恐懼，腦海中浮現「製片人的血脈」這幾個字，帶著一絲厭惡感。我突然陷入了一種強烈的驚恐，拉著瑪莎走出這個沉靜的屋子，回到溫暖的陽光下。但這也沒有用──我依然感覺糟透了。我一直以來都為自己的身體感到自豪，我喜歡把它想像成幾何結構，這樣它做的一切事情都顯得合情合理，而且這世上沒有哪個地方的人，包括教堂、辦公室、神殿不是這樣──然而從沒有人，在工作日的中午，把我赤裸裸地塞進一堵牆裡。

斯塔爾正在辦公室裡和博克斯利討論編劇問題。

「如果你在藥局裡，」斯塔爾說，「正在拿一張處方──」

「你是指藥劑師的店嗎？」博克斯利問。

「如果你在藥劑師的店裡，」斯塔爾改口道，「正在為一個生病的家人取藥——」

「非常嚴重的病？」博克斯利又問。

「是的，非常嚴重的病。」斯塔爾繼續說，「**那麼**，不管是什麼東西，只要它透過窗戶吸引了你的注意，讓你分心並停下來看，那就可能是電影的素材。」

「比如窗外發生了一起謀殺案？」

「你看，」斯塔爾微笑道，「這就是問題所在。也許只是窗戶上有一隻蜘蛛在織網。」

「喔，我明白了。」

「恐怕你並不明白，博克斯利先生。」斯塔爾說，「你能理解它適用於**你的**文學領域，但你無法理解它適用於我們的電影產業。你把蜘蛛留給自己，然後把謀殺案都丟給我們。」

「那我還是離開吧，」博克斯利說，「我對你們沒有用處。我已經在這裡待了三週，什麼都沒完成。我提出建議，但沒有人記錄下來。」

「我希望你留下來。你心裡其實並不喜歡電影，你不喜歡用這種方式講故事。」

「因為這太麻煩了！」博克斯利爆發了，「無法自由發揮——」

他克制住自己。他知道斯塔爾作為掌舵人，在持續的強風中仍擠出時間與他交談——他們彷彿是在一艘沿著開闊的大海航行、艱難轉向的船上，在永遠吱嘎作響的索具中交談，或者說——有時候，他們像是身處一座巨大的採石場，即使是剛切割出來的大理石，上面依舊刻了古老門楣的雕飾，半隱半現的銘文訴說著過去的痕跡。

「我一直希望你能重新開始，」博克斯利說，「偏偏這裡是個大規模生產地。」

「這是我們必須面對的現實。」斯塔爾說，「總會有一些糟糕的限制。假設我們正在製作一部關於魯本斯人生的電影——但如果我要你去畫一些富人傻子的肖像，比如派特·布雷迪、我自己、蓋瑞·古柏和馬庫斯，而不是你真正想畫的耶穌基督，你難道不也覺得這是一種限制嗎？現實就是必須套用人們喜歡的傳說，將它們包裝後再提供給他們。超出這些的都是『花樣』。所以，你願意給我們一些花樣嗎，博克斯利先生？」

博克斯利知道，今晚他可以和懷特坐在高級夜總會裡一起咒罵斯塔爾，但他最近在讀查恩伍德寫林肯的書，他意識到斯塔爾就像林肯，是個能同時在多條戰線上進行長期戰鬥的領袖，他幾乎憑借著一己之力將電影產業在十年間大大地推進了，他使得A級大製作的內容題材比舞台劇更加廣闊也豐富。斯塔爾並非天生的藝術家，就像林肯也並非專業軍人，但他們都因時勢所需而扮演起這樣的角色。

「跟我去拉·博爾維茨的辦公室吧。」斯塔爾說，「他們太需要糖了。」

拉·博爾維茨的辦公室裡，兩名編劇、一名速記秘書，以及一位神色凝重的監製正陷入菸霧瀰漫的僵局。斯塔爾三個小時前離開他們時，狀態就已是如此。他依次看著他們的臉，一無所獲。

拉·博爾維茨以敬畏的口吻承認自己的失敗，「我們的角色太多了，蒙羅。」斯塔爾愉快地哼一聲，「這正是這部電影的核心。」

他從口袋掏出一些零錢，抬頭看了看吊燈，隨手拋出一枚五美分硬幣，叮噹一聲，硬幣掉進了燈罩裡。他又繼續在手中翻找，挑出一枚二十五美分的硬幣。

拉·博爾維茨看得愁眉苦臉，他知道斯塔爾非常鍾愛這個手法，他能感覺到時間正在流逝。此刻，所有人都背對著他，突然，他猛地把本來在桌子底下的雙手舉高，高到彷彿要脫離手腕——然後，在雙手落下時穩穩地停住。此舉讓他稍微好受了一些，感覺自己正重新掌控了一點局面。

其中一位編劇也掏出一些硬幣，很快地，大家制定了規則：「你必須讓硬幣穿過吊燈的鏈條，不碰到它就掉進燈罩裡，那是彩池。」

他們玩了半個小時，除了博克斯利，他仍在一旁研究劇本。秘書則在計算他們浪費的時間成本——她得出的結論是：這四個人的時間，價值一千六百美元。最終，拉．博爾維茨贏得五百五十美元，清潔工搬來一個梯子，好取出吊燈裡的錢。

博克斯利突然開口：

「你們這部電影就像隻塞滿了填料的火雞。」

「什麼？」

「這不是電影。」

所有人都震驚地看著他，而斯塔爾則藏起了笑意。

「哎呀，我們這裡來了個真正懂電影的人！」拉．博爾維茨誇張地說。

「這裡有一堆漂亮的台詞，」博克斯利大膽地繼續說，「但沒有真正的戲劇性衝突。畢竟，你們知道的，這不是小說。而且，它太長了。我也說不清具體是哪裡不對，但它就是不對勁，它讓我覺得很冷。」

他把自己過去三週聽到的批評原封不動地還回去。斯塔爾轉過身，用眼角餘光觀察著其他人的反應。

「我們不需要**減少**角色，」博克斯利說，「我們需要**更多**角色。在我看來，這才是這部電影的核心。」

「沒錯——這才是核心！」編劇們紛紛響應。

「對！這才是核心！」拉・博爾維茨也跟著附和。

博克斯利因為自己所引起的關注益發興奮。

「讓每個角色都從別人的位置看到自己，」他說，「比如，警察要逮捕小偷，但他卻突然發現，小偷的臉跟他長得一模一樣！換句話說，我們應該要這樣表現——你甚至可以就把電影叫做《設身處地》。」

所有人立刻動了起來——他們像支搖擺樂隊在即興演奏，輪流接力討論這個新主題，讓整個創作氛圍重新燃燒起來。或許明天他們就會推翻這個點子，但至少此刻，創作的生命力又回來了。硬幣遊戲也發揮了跟博克斯利同樣的作用。斯塔爾成功地重塑了正確的創作氛圍——他從不把自己當作驅趕創作者的工頭，相反地，他是那個興奮的小男孩，在籌辦一場演出。

離開之前，斯塔爾特意拍了拍博克斯利的肩膀——這是刻意的認可，他不希望這群人合夥起來對付博克斯利，讓他一個小時內就被打回原形。

貝爾醫生正在斯塔爾的辦公室裡等他。

他身旁站著黑人技師，手拎一台便攜式的心電圖機，看起來就像一個巨大的行李箱，斯塔爾戲稱它是「測謊儀」。他脫掉上衣，露出赤裸的上身，開始每週的例行體檢。

「最近感覺怎麼樣？」

「喔——還是老樣子。」斯塔爾說。

「工作是不是太拚了？睡得好嗎？」

「不好——每天大概五小時。如果我早早上床，只會躺在那裡睡不著。」

「吃點安眠藥。」

「黃色的那種會讓我醒來後頭很暈。」

「那就吃兩顆紅色的。」

「會作噩夢。」

「那就各吃一顆——先吃黃色的。」

「好吧，我試試。**你**最近怎麼樣？」

「哈——我可會照顧自己了，蒙羅，我拯救我自己。」

「你才沒有——有時候你整晚不睡。」

「那我就第二天睡整天。」

十分鐘後，貝爾醫生說：

「看起來沒什麼問題，血壓升高了五個點。」

「好。」斯塔爾說，「這算好事吧？」

「是好事。我今晚會把心電圖洗出來。你什麼時候要和我一起去度假？」

「喔，總會有時間的。」斯塔爾輕鬆地說，「大概再過六週，事情就會緩下來了。」

貝爾看著他，這三年來，他對斯塔爾的喜愛是發自真心的。

「你三十三歲那年休息的時候狀況就有好轉，」他說，「哪怕只有三週。」

「我會休息的。」

不，他不會，貝爾心想。以前，在米娜的幫助下，他曾勉強讓自己休息幾次，最近貝爾一直試探，想知道斯塔爾最親近的朋友是誰，能帶他離開這裡，讓他徹底休息。但幾乎可以確定的是，這毫無意義。他就快死了。六個月內，肯定的。做這些心電圖檢查有什麼用？你不可能說服斯塔爾停下來，躺下看看天空，哪怕只剩六個月。他寧可去死。他嘴上說得好聽，但實際上，他本能地只想燃燒殆盡。貝爾以前也見過這種情況——疲憊不僅是一種毒藥，也是一種興奮劑，斯塔爾似乎從精疲力盡的狀態中獲得了一種近乎生理上的愉悅。這是一種生命力的畸形，貝爾見過不少這種人，他幾乎已經放棄去干預了。他以前確實成功「治癒」過一兩個人，但那不過是殺死了靈魂，僅留下一個空殼。

「你還能撐住。」貝爾說。

兩人交換了一個眼神。斯塔爾知道嗎？也許知道。但他不知道具體的時間——他不知道死亡已經近在咫尺。

「如果我還能撐住，那就沒什麼好抱怨的了。」斯塔爾說。

技師收拾好心電圖機。

「下週同一時間？」

「好的，貝爾。」斯塔爾說，「再見。」

門關上後，斯塔爾打開留話機，杜蘭小姐的聲音立刻傳來。

「您認識一位凱斯琳·摩爾小姐嗎？」

「什麼事？」斯塔爾一驚。

「有位凱斯琳·摩爾小姐來電。她說是您讓她打過來的。」

「我的天！」他忍不住喊道，內心狂喜。五天了——這樣絕對不行。

「她在線上？」

「是的。」

「好，接進來。」

片刻後，他聽到了她的聲音，彷彿她就在眼前。

「你結婚了？」他低聲而粗魯地問。

「還沒有。」

他的記憶突然遮蔽了她的臉和身影——但她的存在感仍然強烈，彷彿她正俯身靠在他的桌邊，與他的眼睛保持在同一水平。

「你打電話來要做什麼？」他的語氣依然低沉而生硬，故意壓抑著情緒。

「你找到那封信了嗎？」她問。

「找到了，那天晚上就找到了。」

「這正是我想和你談的事。」

他也終於找到了一種態度——憤怒。

「有什麼好談的？」他厲聲問。

「我試著給你寫另一封信，但寫不出來。」

「這點我知道。」

短暫的沉默。

「喔，打起精神來！」她突然說，語氣帶著戲謔。「這聽起來可不像你。你是斯塔爾，對吧？就是那個『非常溫柔的斯塔爾先生』？」

「我覺得這有點侮辱人。」他幾乎一本正經地說，「我不明白這有什麼意義。我至少對你還留有一段美好回憶。」

「我不相信這就是你，」她說，「接下來你是不是要祝我好運？」接著，她笑了，「你是不是已經準備好一整段話？我知道，一旦人們準備好要說些什麼，就會變得**糟糕**。」

「我沒想過還能再聽到你的聲音。」他刻意用莊重的語氣說，但沒用，她又笑了——那是種女人的笑聲，也像孩子，單單一個音節，像是一聲輕快的驚叫，又像是一種純粹的喜悅。

「你知道你讓我感覺像什麼嗎？」她突然問，「像是在倫敦，而且正好是毛毛蟲爆發的季節，然後一隻熱呼呼毛茸茸的東西掉進了我嘴裡！」

「抱歉。」

「喔，我求你清醒一點！」她哀求道。「我想見你。我在電話裡解釋不清楚。這對我來說也不好過，你懂嗎？」

「我很忙，」他說，「今晚在格倫岱爾電影院有一場試映會。」

「這算是邀請嗎？」

「喬治．博克斯利，那個英國編劇會和我一起去，」他不自覺地補充了一句，「你想一起來嗎？」

「那我們要怎麼談話？」她又沉思了下，說：「你為什麼不看完電影再來找我？我們可以去兜兜風。」

電話另一端，杜蘭小姐正在試圖插入對話——是一個導演打來的，這是唯一被允許打斷的情況。斯塔爾不耐煩地對著對講機喊道：「等等。」

「十一點如何？」凱斯琳在電話裡低聲說。

「兜兜風」聽起來太不明智了，他本想拒絕，但他不想當那個「毛毛蟲」。突然之間，他所有的態度都崩塌了，只剩下一個清晰的念頭——這一天，終於完整了。他有了一個夜晚——一個開端，一個中段，一個結局。

他輕敲紗門，聽見裡面她的聲音，然後站在地勢傾斜處等著。山下傳來割草機的隆隆聲——有人半夜不睡覺，在庭院割草。那是個月光皎潔的夜晚，斯塔爾從百公尺外都能看到那人，連他停下來在控制盤上休息一陣才又推著機器到院子另一頭的樣子也清晰可見。一股盛夏的躁動在空氣中流竄，那是八月初，衝動的愛意與罪行正悄悄地滋長。

當夏天所能帶來的期待所剩無幾，人們便急切地想要活在當下——或者，如果沒有「當下」，就必須創造一個出來。

她終於來了。和之前截然不同，這次她神采飛揚，充滿喜悅，身穿套裝，走路時還不停地提起裙子，顯得既大膽、輕快又興奮，帶著幾分不顧一切的模樣，彷彿在說：「把安全帶繫好，我們出發吧，寶貝。」斯塔爾開來豪華轎車，還配了司機。車子在黑夜中沿著一條新的彎道疾馳，迅速消除了兩人之間的陌生。這趟短暫的旅程，某個程度而言是斯塔爾一生中最美好的時刻之一。可以肯定的是，如果他知道自己終將死去，也絕對不會是今晚。

她向他講述了自己的故事。她坐在他身旁，肌膚光滑清涼，興奮地講著。一路上，她的故事帶著他飛往遙遠的地方，讓他彷彿親眼見到了那些她曾結識的人，走進了那些她曾居住的世界。起初，她的故事有些模糊，「那個男人」是她曾深愛並與之同居的人，「那個美國人」則是當她深陷困境時拯救她的人。

「那個美國人是誰？」

噢，名字有什麼重要的呢？他不是像斯塔爾這樣的名人，也不富有。他曾在倫敦生活，如今他們將一起住在這裡。她會做一個好妻子，一個真正的人。他正在辦理離婚——不只是為了她，但這就是耽擱的原因。

「但那個第一個男人呢？」斯塔爾問，「你是怎麼和他在一起的？」

噢，那剛開始是種恩賜。從她十六歲到二十一歲，生活唯一的目標就是填飽肚子。她的繼母帶她去覲見英國王室的那天，她們手裡只有一先令，好讓自己不至於因飢餓而昏倒——六便士一人，但繼母只是看著她吃。幾個月後，繼母去世了，她本想靠賣身換取一先令，但她的身體已經虛弱到無法走上街頭。倫敦的生活很殘酷——真的，非常殘酷。

「都沒有人幫助你嗎？」

「愛爾蘭有一些朋友會寄奶油給我。」也有施食處。她還去探望過一個叔叔，結果這個叔叔趁她吃飽後對她動手動腳。但她還是撐了下來，並且勒索了他五十英鎊，換取不告訴他的妻子。

「你不能工作嗎？」斯塔爾問。

「我有。我賣車子——有一次，我成功賣掉了一輛車。」

「你不能找一份穩定的工作嗎？」

「很難——這不一樣。」她停頓了下，「大家都覺得像我這樣的人會擠掉其他人的工作機會。有一次，我試圖在一間飯店找份服務生的工作，結果被一個女人打了一巴掌。」

「但你不是已經覲見了英國王室嗎？」

「那是我繼母安排的——碰碰運氣罷了。」我什麼都不是。我父親在一九二二年被英國的黑棕部隊槍殺，當時我還只是個孩子。他寫過一本書，叫《最後的祝福》，你讀過嗎？」

「我不怎麼看書。」

「我希望你能買下它，改編成電影。那是一本很不錯的小書，每年我都還能拿到十先令的版稅。」

然後她遇到了「那個男人」，他們去遊歷了世界，她去過斯塔爾在電影中呈現的所有地方，甚至住過一些斯塔爾未曾聽過的城市。然後，那個男人開始墮落——酗酒，和女傭胡搞，甚至還想把她推給他的朋友們。所有人都懇求她留下，說是她拯救了他，應該繼續陪著他直到最後。他們對她施加巨大的壓力。但是，她遇到了那個美國人，所以最終她逃走了。

「你應該更早逃走的。」

「事情沒那麼簡單。」她猶豫了一下，然後垂下頭，「你知道嗎？我要逃離的是位國王。」

斯塔爾原本的道德準則一下子崩潰了。她成功地壓制了他。他腦中飛速閃過許多念頭——其中一個是他曾深信不移的：所有王室成員都患有某種疾病。

「不是英王。」她說，「我的國王『失業』了，他自己是這麼說的。倫敦有很多『失業的國王』。」她笑了笑，接著又帶著挑釁補充道：「他曾經非常迷人——直到他開始酗酒、惹是生非……」

「他是哪一國的國王？」

她告訴了他。斯塔爾在腦中回想新聞紀錄片裡那個男人的臉。

「他非常有學問，」她說，「本來可以去當教授，教各種學科。但他真的不像個國王，至少不像你，沒有一個人像你。」

斯塔爾大笑了起來。

「他們是真正的國王。」

「你知道我的意思，他們都是些過時的人，大多數也很努力地想跟上時代，因為總有人告誡他們不能落伍。比方說，有人極力擁護工會，還有人把自己進過網球準決賽的剪報帶在身上，四處炫耀。我就看過那些剪報好幾次。」

他們在夜色中穿行，經過格里菲斯公園及伯本克黑暗的影棚，穿過機場，沿著通往帕薩迪納的公路，一路駛過霓虹閃爍的公路酒吧。斯塔爾想要她，但今晚他更沉醉於這趟旅程所帶來的純粹喜悅。他們牽著手，她將身子倚著他的臂膀，「你真好，我真想跟你在一起。」她嘴裡這麼說，心裡卻不完全這麼想——這個夜晚已經不屬於他，不像那個週日下午。她沉浸其中，亢奮地講述自己的故事，斯塔爾不禁開始思考她說的那個美國人的事是不是真的。

「你認識那個美國人多久了？」他問。

「喔，我認識他幾個月，我們之前常見面，很了解彼此。他還說從此就會順利了。」

「那你為什麼還打電話給我？」

她猶豫著該怎麼說。

「我想再見你一次。還有，他本來預定今天要來這裡，但昨天晚上他打電報來，說還有一個禮拜才出發。我想找個朋友說說，你算是我朋友吧。」

他本來非常渴望她，但這一刻他心冷了，不斷想著：她只是想看看我是不是真的愛上了她，是不是願意娶她。如果我先表態，她才會考慮要不要放棄那個美國人。

「你愛那個美國人嗎？」他問。

「喔，是的，一切都安排好了。」她說，「他拯救了我的性命和理智。他為了我，願意搬到半個地球之外，因為我要他這麼做。」

「但你真的愛他嗎？」

「喔，是的，我愛他。」

那個「喔，是的」讓斯塔爾確定了她並不愛他，也提醒了他該主動出擊——她在等待他的表態。他擁抱她，深深吻住她的唇，然後緊緊抱著她。這感覺如此溫暖。

「今晚不行。」她低語。

「好吧。」

他們駛過自殺橋——如今那裡加裝了高高的新鐵絲網。

「我知道那是什麼意思，」她說，「那太愚蠢了。英國人不會因為得不到想要的東西就自殺。」

他們在一間飯店的車道掉頭，再次出發。夜晚黯淡無月，慾望的浪潮已然退去，兩人沉默了好一會兒。她談起國王，卻讓他的思緒奇妙地跳躍，回到十五歲那年——賓州伊利鎮的主街上那盞閃耀著珍珠光澤的霓虹燈。他記得那間餐廳，記得櫥窗裡擺著冰鎮龍蝦與海藻，貝殼洞穴裡燈火通明，簾幕後響起小提琴聲與陌生人壓抑沉默的神情，那神祕感令人不安，那正是他動身前往紐約的前夕。這女孩讓他回想起那櫥窗裡的冰魚與龍蝦。她是那個「漂亮寶貝娃娃」，米娜則從不是「漂亮寶貝娃娃」。

他們凝視著彼此，她用眼神問：「我該嫁給那個美國人嗎？」

他沒回答。過了一會兒，他說：

「我們週末去個地方吧。」

她沉思了一下。

「你是指明天嗎？」

「恐怕就是。」

「那我明天再告訴你。」她說。

「今晚就告訴我吧。我怕——」

「——怕車裡會有封遺書嗎？」她笑了，「不，車裡沒有遺書。你現在已經知道幾乎所有事了。」

「幾乎所有事。」

「對——幾乎。有些小事還沒告訴你。」

他知道自己終將得知那些「小事」，她會在明天告訴他。他內心懷疑——也渴望懷疑——她是否穿梭於情人之間？她心中有一個人，一位國王，一直深深地、長久地牽引著她。她以模糊難堪的身分度過了三年——一隻腳在宮殿裡，一隻腳退居暗處。

「你得多笑一點，」她說，「我就學會了怎麼笑。」

「他可以娶妳的——就像辛普森夫人那樣。」斯塔爾抗議道。

「喔，他已經結婚了。而且他不是個浪漫的人。」她停住了話語。

「那我呢？」

「你是。」她勉強說，彷彿打出一張王牌，「你是三、四種男人的合體——而且每一種都赤裸裸地展現在外，就像所有美國人一樣。」

「別太輕易相信美國人，」他笑著說，「他們雖然坦率，但也變得快。」

她顯得有些不安，「真的嗎？」

「非常快，一瞬間就能改變，而且再也無法回頭。」

「你讓我害怕了，我一直以為美國人很有安全感。」

她突然看起來那麼孤單，他握住了她的手。

「明天我們去哪裡？」他問，「也許去山裡。我明天本來行程排得很滿，但現在我什麼都不會做。我們四點出發，下午就能到。」

「我不確定。我好像有些混亂。現在站在這裡的女孩，好像不是當初那個為了展開新生活而來到加州的女孩。」

他本可以在這時說出：「這就是一段新生活。」因為他知道，這的確是。他知道自己再也無法放手，但有個聲音提醒著他：成熟一點，先睡一晚，別說出口。別像浪漫的人那樣倉促行動。明天再說。她看著他，眼神緩緩掃過他的額頭、下巴，又回到額頭，再度下移，那緩慢、如波浪般擺動的眼神。

……斯塔爾，這是你的機會。現在就抓住它。這是你的女孩。她能拯救你，她會讓你憂心、把你折騰得活過來。她需要人照顧，你會因此變得堅強。但必須現在就抓住她——告訴她，然後帶她離開。你們還不知道，但在遙遠的夜色之外，那位美國人已經改變計畫。此刻，他的列車正飛馳穿越阿布奎基市，時刻表分毫無差，列車長準時，明天早上他就會在此。

……司機將車開到了凱斯琳的山上住宅。即使在黑暗中，這棟房子也透著暖意。對斯塔爾而言，往這裡靠近的一切都像魔法之地：這輛車、海邊樓房、他們一起穿越的整座城。車子爬上的山丘發出微光，持續傳來的聲響教他亢奮。

與她道別時，他再次覺得哪怕只有幾小時也難以分離。兩人雖然只差十歲，但他對她的感情已近似一個遲暮的男人對年輕女孩的癡戀——那是種深沉而絕望的時間之需，一座與心臟同率動的時鐘，驅使他違背自己的人生法則，有股衝動想踏進她的家中說出：「這就會是永遠。」

凱斯琳站在門前猶豫——粉紅與銀色的霜花，只待春天來融化。她是個歐洲人，對權勢謙卑，但骨子裡有股剛強的自尊，只肯讓自己走到某一步。她對王子們從未抱持幻想。

「明天我們去山裡。」斯塔爾說。數萬人依賴著他那平衡冷靜的判斷——但人可以突然鈍化自己二十年來仰賴的特質。

第二天早晨，他非常忙錄。那是個星期六，下午兩點他用餐回來，桌上堆著一疊電報，公司的一艘船在北極失蹤了、有位明星爆出醜聞、有名編劇提告求償一百萬美元。遠方海的那頭，猶太人死於悲慘之中。最後一封電報赫然出現：

我已在今天中午結婚。再見。電報上的便條寫著——**用西聯電報回覆**。

第六章

我對中間發生的事情一無所知。我去了露易絲湖，回來之後也沒去片場。如果不是斯塔爾打電話給我，可能我八月中旬就回東岸了。

「西西莉亞，我想讓你幫我安排一件事——我想見共產黨員。」

「哪一個？」我問，有些吃驚。

「隨便一個。」

「你們那邊不是很多嗎？」

「我想見組織的頭頭——從紐約來的那種。」

去年夏天，我參與了不少政治運動——可能還跟工會領袖哈里・布里奇斯見過面。但我回學校後，男友因為一場車禍去世，從那以後我就跟這些事情脫節了。不過，聽說有個《新群眾》雜誌的人最近在這附近活動。

「你能保證他的人身安全嗎？」我開玩笑地問。

「喔，當然。」斯塔爾一本正經地答，「我不會傷害他。你找個能言善道的——最好能帶本自己寫的書來。」

他說得好像他想見的是那個「我是教」的信徒。

「你想要金髮還是黑髮的？」

「喔，找個男的。」他連忙說。

聽到斯塔爾的聲音，我才振作起來。自從那次衝撞了父親，日子就變得索然無味，像是要在稀薄的唾沫中划出水。斯塔爾的出現改變了一切——他讓我看待事物的角度變得不同，就像改變了空氣。

「我不認為你父親該知道此事。」他說，「能不能假裝你帶來的這個人是保加利亞音樂家或是這之類的？」

「喔，他們現在都不會正裝打扮。」我說。

安排此事比我想像的困難——斯塔爾與編劇工會的談判已經持續一年多，眼看就要談不下去。或許他們是怕被收買，所以有人問過我斯塔爾的「計畫」是什麼。後來斯塔爾告訴我，為了這次會面，他特別重溫了家裡收藏的有關俄國革命的電影，還放了《卡里加利博士的小屋》和薩爾瓦多．達利的《安達魯之犬》，他可能認為這些電影與此次會談有關。二〇年代的俄國電影曾讓他震驚，當時聽了韋利．懷特的建議，他讓劇本部門為他整理了一份共產黨宣言的兩頁「大綱」。

但他內心對這些議題是封閉的，他是個理性主義者，比起看書學，更喜歡自己思考。況且，他好不容易爬出千年猶太的傳統，步入十八世紀末一個想像的上層世界，他無法忍受一切就此消融——他珍惜那種成功致富者對於想像的過去所懷抱的熱情忠誠。

會面安排在我家，我把它稱為「皮革加工房」。那是六個房間之一，多年前由斯隆百貨的室內設計師所設計。這個名字一直烙印在我腦海，因為它就是**那**最具裝飾感的房間：清晨色調的安哥拉羊毛毯，你能想像到的最精緻的灰色——讓人幾乎不敢踩上去；銀色鑲板、皮革桌子、乳白色畫，以及各種精緻脆弱的擺設——一切都看起來那麼易碎，讓人不敢呼吸。但站在門口探看卻非常美妙，打開窗時，窗簾會隨風輕擺低語，看上去像幅畫。這間屋子就像老式美國家庭的客廳，一年到頭都不用，只有週日開放。但它非常適合這次會面，我希望經過這場談話，這裡能真正成為我們家的一部分，被賦予真正的個性。

斯塔爾先到了。他整個人看起來蒼白又緊張，心事重重——但聲音一如既往的平靜也周到。他走近人的方式，有種勇敢的特性，他會直接走到你面前，移開你們之間的阻礙，像是忍不住要從裡到外地認識你。出於某種原因，我親了他一下，然後帶他走進皮革加工房。

「你什麼時候回學校？」他問。

這個迷人的話題我們已經聊過好幾次了。

「如果我矮一點，你會比較喜歡我嗎？」我問，「我可以穿低跟鞋，並把頭髮整理得平一點。」

「今晚一起出去吃飯吧。」他提議，「就算被當成你爸爸，我也不在意。」

「我就**愛**老男人。」我向他保證，「除非老到得用拐杖，否則對我來說就像一對戀愛中的男女。」

「你有很多戀愛經驗嗎？」

「夠多了。」

「人們總是陷入情網又失戀，不是嗎？」

「芬妮・布萊斯說是每三年一次，我剛在報紙上讀過這則報導。」

「我想知道他們是怎麼辦到的。」他說，「我知道大家都是這樣談戀愛，我身邊很多人也是這樣。每次遇上愛情，他們都**堅信不移**，但突然間又說自己再也不相信愛情。這種事一再發生。」

「你拍太多電影了。」

「我很好奇，他們在第二次或第三次，甚至第四次之後，還能這麼確定嗎？」他繼續追問。

「每次都更確定。」我說，「尤其是最後一次。」

他思考了一下，似乎同意我。

「我想是的。尤其是最後一次。」

我不喜歡他說這話的口氣，那讓我突然察覺到他內心的痛苦。

「真麻煩。」他說，「這一切都結束會比較好。」

「**等一下**，電影產業現在是不是交付錯人了！」

布里默，那位黨員——有人通報他到了。我快步走過薄如絲的毯子想去迎接，差點直接跌入他懷裡。

這個布里默長相好看，有點像史賓塞．崔西，只是五官更剛毅，表情層次也更豐富。當他和斯塔爾微笑握手時，站姿挺立、雙眼直視，我馬上感覺這兩個男人是我見過最機警敏銳的人，一見面就對彼此高度警覺——並對我極盡禮貌，一轉向我說話，語調就不同，尾音柔和下來。

「你們到底想做什麼？」斯塔爾開門見山問，「我手下的年輕人全被搞得心神不寧。」

「這樣可以讓他們保持清醒，不是嗎？」布里默回答。

「首先，我們讓六個俄國人來研究這間片場的設備。」斯塔爾說，「這是個標準片場，明白吧。然後你們卻試圖破壞這種使它成為標準片場的一體性。」

「一體性？」布里默重複道，「你是指所謂的公司精神嗎？」

「喔，不是那個。」斯塔爾不耐煩地說，「看來你們是針對**我**來的。上週有個編劇闖進我的辦公室，是個酒鬼，在精神病院外徘徊了好幾年的男人——跑來要教我怎麼做生意。」

布里默微笑了。

「在我看來，你不像是肯被教導怎麼做生意的人，斯塔爾先生。」

他們倆決定來杯茶，我去讓人準備，回來時，斯塔爾正在講華納兄弟的趣事，布里默跟著笑。

「我再告訴你一件事。」斯塔爾說，「俄國舞者巴蘭欽把華納兄弟和里茲兄弟搞混了。他不知道該訓練誰，以及該為誰工作，到處跟人說：『我無法訓練這些華納兄弟跳舞。』」

看上去就像個平靜的下午。接著，布里默問他為什麼製片人不願支持反納粹聯盟。

「因為你們這些人，」斯塔爾說，「因為你們一直在針對編劇。長遠來看，你們是在浪費時間。編劇們就像小孩，即使沒有這些事，他們也已經夠不專心了。」

「他們就是這個產業裡的農民。」布里默和藹地說，「他們耕種，卻無法擁有豐收的成果。他們對製片人的感覺，就像農民憎恨城裡的那些地主。」

我想到斯塔爾的那個女孩，不知道他們之間是不是結束了。後來，我從凱斯琳那裡聽說了整件事，說話時我們正在雨中，在一條叫做戈德溫露台的破爛路上。我算了一下，那應該是她寄電報給他的一個星期後了。電報不是她自己想發的，因為那個男人一下火車就帶她去登記結婚，認定這就是她要的。那時是早上八點，凱斯琳意識都還不清醒，只關心電報要怎麼發去斯塔爾那裡。理論上，她大可停下來對那個男人說：「聽著，我忘了告訴你，我後來認識了另一個男的。」但那整條軌道像是被精心鋪設的，夾雜著信念、掙扎與釋懷，當那條軌道突然被置放在原本的人生路上，她就像一輛被引導了方向的列車，不由自主地開上去。男人盯著她打電報，從桌子正對面看著，當時她只希望他從反方向無法看懂……

當我的思緒回到房裡時，他們已經在談話中把那些可憐的編劇都毀了——布里默甚至過分地說他們精神都「不穩定」。

「他們根本沒辦法主導。」斯塔爾說，「意志力是無可取代的，即使你根本沒有，有時候仍必須假裝你有。」

「我有同樣的經驗。」

「你得說出『就是必須這樣——沒有別的選擇』——即使你並不確定。這種情況每個星期至少發生十幾次，很多事情哪有什麼道理可言。但是你必須裝成有。」

「所有領導者都明白這一點。」布里默說，「例如工會領袖，當然還有軍事領袖。」

「所以在這個公會問題上我不得不表明立場。在我看來，這就像是爭權，但我能給編劇的只有錢。」

「你給其中一些人的錢很少，每週只有三十美元。」

「誰拿這麼少？」斯塔爾驚訝地問。

「那些可以被替換的傢伙。」布里默說。

「在我的片場裡可沒有。」斯塔爾說。

「喔，有的。」布里默說，「你們的短片部門有兩個人每週拿三十美元。」

「誰？」

「一個叫蘭瑟姆，一個叫歐布萊恩。」

我和斯塔爾聽了，一起笑出來。

「他們不是編劇。」斯塔爾說，「那是西西莉亞父親的兩個表親。」

「其他片場裡還有一些。」布里默說。

斯塔爾拿起茶匙，從一個小瓶子裡為自己倒了一點藥水。

接著他突然問：「什麼是告密者？」

「告密者？就是那些罷工的破壞者，或者公司派來臥底的。」

「我想也是。」斯塔爾說，「我有個每星期拿一千五百美元的編劇，每次在餐廳就會到其他編劇椅背後小聲說：『告密者！』要不是大家都被嚇壞了，倒是挺逗趣的。」

布里默笑了。

「我倒想親眼看看。」他說。

「你不想花個一整天跟我去那邊看看嗎？」斯塔爾提議。

布里默笑起來，真的很開心的那種笑。

「不，斯塔爾先生，我相信那會是令人印象深刻的體驗。我聽說您是整個西岸最勤奮且最有效率的人之一，能夠貼身觀察您工作，是種榮幸，但恐怕我得拒絕這個機會。」

斯塔爾看向我。

「我喜歡你的朋友。」他說，「他很瘋，但我喜歡他。」接著他仔細地打量布里默，「你是在這裡出生的嗎？」

「喔，是的。我家已經好幾代了。」

「你的家族裡有很多像你這樣的人嗎？」

「我父親是浸信會牧師。」

「我的意思是有很多像你這樣的共產主義者嗎？我很想見見那個企圖搞垮福特公司的猶太大人物。他叫什麼名字——」

「法蘭康斯坦？」

「就是他。我猜想有些人也相信他能成功。」

「相信的人相當多。」布里默不帶感情地說。

「但你不是。」斯塔爾說。

布里默臉上掠過一絲惱怒。

「喔，我是。」他說。

「喔，不。」斯塔爾說，「也許你曾經是。」

布里默聳了聳肩。

「你可能說反了。」他說，「在你內心深處，斯塔爾先生，你知道我沒說錯。」

「不。」斯塔爾說，「我覺得那都是胡扯。」

「你心裡其實想著『他是對的』，但你覺得這個系統會撐到你走了才垮。」

「你們真心覺得能推翻整個管理政權？」

「不，斯塔爾先生，但我們覺得你會這麼認為。」

他們持續這樣針鋒相對——就像男人之間有時候會出現的行為，揮舞小小的尖刺，不斷交鋒。女人也會這樣。當女人這樣做時，那會是場殘酷無情的戰鬥。然而，看著男人這樣也並不舒服，因為你永遠無法預期接下來會發生什麼事。這種氛圍肯定不令人愉快，所以我試圖引導他們看看法式落地窗外，看看我家的金色加州花園。

那是仲夏，從喘吁吁的灑水器噴出來的清水，卻讓草坪閃耀著春天般的光芒。布里默的眼神帶著一絲嘆息——那是一種他們特有的表情。走到戶外的他看起來更高大了——比我想像中還要高，肩膀也更寬，讓我想起超人摘下眼鏡後的樣子。他是那種即使不在乎女人，也能讓女性感受到吸引力的男子。我們比賽了一輪乒乓球，他球拍握得很好。不久後，父親進屋來，哼著那首該死的〈小女孩，你過了忙碌的一天〉，然後突然停下來，大概是想起我們已經不說話一陣子。已經六點半了——我的車就停在車道上，我提議去特洛卡德羅晚餐。

布里默當時的神情，就像某次在紐約的歐尼神父，他那天把牧師領子翻過來，以便跟父親還有我一起去看俄國芭蕾舞團的表演，當時他就是這樣的神情：覺得自己不該在這裡。當攝影師伯尼走到我們這桌時，看起來滿臉困惑——他本來在一旁等著大人物現身。斯塔爾要伯尼離開，而我倒是很想留下一張照片。

接著，出乎我意料之外，斯塔爾一口氣喝了三杯雞尾酒。

「現在我知道你一定是失戀了。」我說。

「你怎麼會這麼想，西西莉亞？」

「雞尾酒。」

「喔，我不喝酒的，西西莉亞，因為我會消化不良——我從沒喝醉過。」

我數了數桌上的杯子，「……兩杯、三杯！」

「我沒注意到。我不是認真要喝。我以為那是別的。」

一個愚蠢的、轉瞬即逝的神情在他眼中閃現——然後消失。

「這是我這星期的第一杯酒。」布里默說，「以前在海軍服役時我常喝。」

那種神情又回到了斯塔爾眼中——他傻笑著對我眨了眨眼，然後說：「這個站上肥皂箱宣揚主義的混蛋還對海軍下過手。」

布里默不懂得怎麼應付這句話，最後他決定將這當成這晚的一部分，微微笑了下，斯塔爾也在笑。看到這場對話回到偉大的美式傳統安全地進行，我感到如釋重負，並試圖重新掌控話題，但斯塔爾突然恢復正常。

「這是我常有的經歷，」斯塔爾用簡潔且清晰的口氣告訴布里默，「好萊塢最好的導演，那是我從不干涉的人——總會有某種怪癖，想在每部電影裡塞進一個同性戀角色或者類似這種會冒犯觀眾的東西。他想把它放進影片中，像浮水印一樣，我無法除掉它。每次他這麼做，道德聯盟就會採取進一步的制裁手段，這麼一來，會讓有些真正誠懇實在的電影被犧牲掉。」

「典型的組織問題。」布里默認同道。

「沒錯，很典型。」斯塔爾說，「這是場永無止境的戰鬥。現在，這個導演會告訴我沒問題，因為他加入了導演協會，我成了工會的對立面，他們會要我不可以壓迫窮人。這就是你們帶來的麻煩。」

「這件事離我們有點遠，」布里默微笑著說，「我們在導演協會那邊至今沒有太多進展。」

「導演們以前都是我的朋友。」斯塔爾自豪地說。

那語氣就像是愛德華七世吹噓自己曾在歐洲最上流的社交圈吃得很開。

「但也有一些人從未原諒我，」他繼續說，「有聲電影出現時，我引進了舞台劇導演。這迫使他們不得不重新學習，但他們從沒真正原諒我。後來我們再引進一批新編劇，他們都很棒，直到他們全成了共產黨員。」

蓋瑞．庫柏走了進來，在角落坐下，他身邊有一群人，那些人連呼吸都跟著他，彷彿靠他過活，不肯挪開位置。房間另一頭有個女人轉過身來，是卡蘿．倫芭——我心想，這下子布里默至少可以大飽眼福。

斯塔爾點了一杯威士忌加蘇打水，然後幾乎立刻又再點一杯。他只喝了幾口，就說起很多人都是懶惰的混蛋這一類可怕的話，還說這一切**他**都無所謂，因為他有很多錢——就像每次父親和朋友在一起時總會說的那種話。

不久，斯塔爾意識到這些話聽起來很不堪，特別是在不對的場合——他以前沒有注意過這些話在外人面前有多麼不堪入耳。總之，他停止說下去，專心地喝完黑咖啡。我愛他，即使他說這些話也不會改變這一點，但我不希望布里默帶著這樣的印象離開，我希望他看到的斯塔爾是個天才，而不是這種他自己在電影裡看到也會說是垃圾的形象。

「我是個製片人。」斯塔爾說，像是要修正之前的態度，「我喜歡編劇——我自認理解他們。只要他們做好工作，我不想趕走任何人。」

「我們也不想你那麼做，」布里默愉快地說，「我們希望接管你好好運作的公司。」

斯塔爾陰沉地點了點頭。

「那我真想把你丟進那間滿是合夥人的房裡，他們每個人都有十幾個理由可以讓菲茲把你們這些傢伙趕出去。」

「我們很感謝你的保護。」布里默語帶諷刺地說，「坦白說，我們**確實**發現和你打交道特別困難。正因為你是個大家長式的老闆，影響力巨大。」

斯塔爾不專心地聽著。

「我從不覺得，」他說，「我比編劇們更有頭腦，但我的確認為他們的頭腦屬於我——因為我知道該怎麼使用它們。就像羅馬人——我聽說他們從來不發明東西，因為他們懂得運用已有的。你明白嗎？我不是要說這有多正確，但這一直是我的感覺——從我還小的時候。」

布里默覺得有趣——這是整整聊了一個小時後，他第一次感到有趣。

「你很了解自己，斯塔爾先生。」他說。

我覺得他想離開了。他本來是出於好奇，想了解斯塔爾是個什麼樣的人而來，現在他已經知道了。出於希望情況能有所不同的心思，我魯莽地邀請他搭我們的車一起回去，但是當斯塔爾在途中又停下來喝一杯時，我就知道我錯了。

那是一個溫和、無害、沒有太多動靜的夜晚，到處都是週末出城的汽車。斯塔爾的手放在座位的靠背上，碰觸我的頭髮。突然間，我希望時間能回到大約十年前——我當時九歲，布里默大概十八歲，正在某個中西部的大學裡打工讀書，而斯塔爾二十五歲，剛剛繼承了這個世界，充滿自信和喜悅，我們倆都會毫無疑慮地崇拜斯塔爾，可是現在我們被捲入了這場成人之間的衝突，無法和平解決的那種，然後又因為疲憊和酒精而讓事情變得更複雜。

我們轉進車道，我把車子開到花園那邊。

「我必須走了，」布里默說，「我還要去見一些人。」

「不，留下來吧，」斯塔爾說，「我還有話沒說完。我們可以玩乒乓球，然後再喝一杯，再對決一場。」

布里默猶豫了一下。斯塔爾打開探照燈，拿起乒乓球拍，我則進去屋子拿威士忌——我可不敢違抗他的命令。

當我回來時，他們沒在玩球，斯塔爾把一整盒新球打向布里默，而布里默一直在擋。我走到他身旁，他才停下來接過酒瓶，退到探照燈外的椅子上坐下，帶著一種危險的威嚴凝視著。他臉色蒼白——透明得幾乎可以看到酒精與疲憊的毒素交織在一起。

「週六晚上應該要放鬆一下。」他說。

「你沒有放鬆。」我說。

「我要揍扁布里默，」他過了一會兒宣布，「我要親自處理這件事。」

「你不能花錢請別人去做嗎？」布里默問。

我向他打了個手勢，要他保持安靜。

「我得親自處理骯髒的事情，」斯塔爾說，「我要狠狠地揍你，然後把你送上火車。」

他站了起來，走向前，而我伸出雙臂抱住他，緊緊地抓住他。

「拜託你**別**這樣！」我說，「喔，你真是太糟糕了。」

「這個傢伙影響了你，」他陰沉地說，「影響了你們這些年輕人。你們不知道自己在做什麼。」

「拜託，回家吧。」我對布里默說。

斯塔爾的西裝是用光滑的布料製成的，突然之間，他從我懷中離開，朝布里默撲了過去。布里默繞著桌子退後，臉上露出一種奇怪的表情，後來我想起來，那似乎就像是在說：「就**這樣**嗎？這個虛弱、半病態的人居然能撐起整個局面？」

然後斯塔爾走近他，舉起雙手。我看著布里默用左臂擋了一會兒，然後我轉過頭——不敢看下去。

當我再回頭時，斯塔爾已經從桌面可見的範圍消失，布里默正低頭看著他。

「請回家吧。」我對布里默說。

「好吧。」等我走到桌子那頭，他依然站在那裡，低頭看著斯塔爾。「我一直想擊敗這個身價千萬美元的男人，但沒想到會變成這樣。」

斯塔爾一動不動地躺著。

「請你走吧。」我說。

「很抱歉。我能幫忙嗎？」

「不用了。請走吧。我能處理。」

布里默再次看了看，帶著一點敬畏，注視著斯塔爾那深沉的靜止狀態——這是他在方才一瞬間造成的——然後就迅速地越過草地離開了。我跪下來搖晃斯塔爾，過了一會兒，他突然猛烈地抽搐了一下，然後跳起來站穩。

「他在哪？」他大喊。

「誰？」我裝不明白地問。

「那個美國人，為什麼你這個笨蛋非得嫁給他？」他生氣地說。

「蒙羅——他已經走了。我也沒有嫁給任何人。」

我把他推坐到椅子上。

「他已經走了半小時了。」我撒謊說。

乒乓球散落在草地上，像是一片星海。我打開灑水器，回來時拿了一條濕手帕，但斯塔爾身上沒有任何傷痕——他應該是被擊中了頭的一側。他走到樹叢後開始嘔吐，我聽見他用腳踢土掩蓋。之後他似乎恢復了正常，但不肯進屋子，直到我為他拿來一些漱口水。我把威士忌放回去，拿了一瓶漱口水。他這場可悲的醉酒嘗試已告結束。我跟大學新生一起外出時喝醉過，但就酒量的差勁和缺乏醉酒精神而言，他毫無疑問才是最慘的。每件慘事到頭來都找上他，事情就是這樣。

我們進了屋，廚師說父親、馬庫斯先生和佛來夏在陽台上，於是我們就待在皮革加工房裡。我們分別在幾個不同的地方坐下，但都坐不住，最後我坐毛皮地毯，斯塔爾則坐在我旁邊的一個小腳凳上。

「我有打到他嗎？」他問。

「喔，有的。」我說，「打得很重。」

「我不相信。」過了一會兒他補充道：「我不想傷害他。我只是想把他趕走。我猜他被嚇到了，所以才打了我。」

如果這是他對已發生事情的解讀，我無所謂。

「你討厭他嗎？」

「喔，不，」他說，「我喝醉了。」他環顧四周，「我以前沒有來過這裡——這房間是誰設計的？——是片場的某個人嗎？」

「是紐約來的人。」

「那我必須把你帶離這裡了。」他用從前那種愉快的語氣說，「你想不想去道格．費爾班克斯的農場過夜？」他問我，「我知道他會很高興接待你。」

這就是我和他一起到處遊蕩的兩週的開始。才過了一週，盧埃拉就急著把我們寫成已經是結婚狀態了。

這份手稿在這裡就停止了。以下的故事梗概是根據費滋傑羅的筆記和大綱，以及與他討論過這部作品的人所提供的資料所組合而成。

梗概

跟布里默會面不久後，斯塔爾前往東岸。片場裡傳出上面要對大家減薪的威脅，斯塔爾這趟行程正是為了跟股東們談判——他可能是想讓老闆以別的方式省卻開支。他和布雷迪之間的權力鬥爭已經持續一段時間，而這次的對抗很快就要達到高潮。

我們無從得知這趟行程從商業上來看結果將會如何，但無論是否是為了商業目的，這是斯塔爾第一次前往華盛頓，他本來打算好好體驗這座城市。可以推測作者原本的構想是將這部分與第一章中提到好萊塢人士參觀安德魯·傑克森的故居卻未能成功、甚至連看清楚那個地方都沒有的情節相互呼應：也就是電影產業與美國的理想和傳統之間的關係。

時間是仲夏，華盛頓悶熱窒息。斯塔爾到了當地後就染上流感，在發燒與酷熱中恍惚地在城市中遊走，他未能如願真正地體驗這座城市。

當他康復並回到好萊塢時，發現布雷迪趁他不在，強行推動了減薪百分之五十。布雷迪召開一次編劇會議，發表淚流滿面的演說，告訴編劇們如果願意接受減薪，公司高層也會跟著減薪，這樣一來就不必削減速記員或其他低薪員工的工資。編劇們同意了這個安排，但隨後卻被出賣——布雷迪還是削減了速記員的薪水。

斯塔爾對此感到憤怒，和布雷迪發生激烈爭執。雖然斯塔爾反對工會，認為辦公室小職員如果有抱負，有一天也能像他一樣爬到頂峰，但他是個舊式的家長式老闆，希望那些為他工作的人都是滿意的，也希望他和他們之間的關係是友好的。然後，他也與韋利．懷特發生了爭執，因為懷特開始變得跟他敵對，咄咄逼人，儘管斯塔爾並不是做出減薪決定的人。斯塔爾過去對懷特的酗酒和惡作劇一向忍耐，因此對於懷特無法對他懷抱同樣的忠誠感到受傷——這是斯塔爾在事業合作關係中唯一在意的團結。

共產黨人現在視他為保守派，華爾街則又將他看作左傾份子。他在情勢的推動下，被迫接受布雷迪所提出並且熱情贊同的公司工會構想。

至於他在片場中的地位，早在去華盛頓時，他就考慮辭職；儘管此刻深陷鬥爭之中，身心俱疲、憂鬱痛苦且滿腹怨恨，他仍然不肯向布雷迪屈服。他開始與西西莉亞來往，她則在與父親的一次談話中，隨口提及斯塔爾愛上了另一個女孩——布雷迪才知道斯塔爾又跟凱斯琳見面了，試圖用這件事勒索斯塔爾。斯塔爾開始對布雷迪一家人感到厭惡，憤而斷絕與西西莉亞的關係。

他本人其實早就知道——從他亡妻的私人看護那裡得知——布雷迪曾經參與謀殺一名女子的丈夫，原因是布雷迪愛上了那名女子。從此兩人開始互相威脅，但其實雙方都沒有決定性的證據。

不過，布雷迪有備而來，他知道凱斯琳的丈夫名叫布朗森・史密斯，是片場的技術人員，且積極參與工會運動。我們難以確知費滋傑羅構想中的好萊塢勞資狀況如何，但是小說中所設定的年代，片場各種技術人員早已加入「國際戲劇演員聯盟」，而費滋傑羅顯然是想藉著威廉・比奥夫一案中所揭露的敲詐與黑幫行徑，刻劃這個工會組織。布雷迪原先打算煽動凱斯琳的丈夫，引起他的妒忌。我們不確定費滋傑羅原本想讓這對夫婦對斯塔爾做什麼，根據筆記，他最初是寫剪輯師羅賓森出手謀殺斯塔爾，但根據大綱，也很可能是設計一個圈套，讓凱斯琳的丈夫控告斯塔爾勾引其妻。

費滋傑羅在後面會提到，小說第八章的主題為「訴訟與代價」。這顯然與以下的構思筆記有關，只是不清楚最終會如何調整來配合小說需求：

「某位片場人士遭到員工指控引誘其妻。對方提出疏離配偶情感的訴訟。他們試圖庭外和解，但這名提告人是工會領袖，不肯妥協，也不願與妻子離婚。他考慮採取更激烈的手段，並開出條件：**某人必須離開一年**。（某人）的本能是留下來迎戰，但又有片場人士找了醫生來檢查，發現他恐怕已時日不多，強迫他退休。他試圖說服那女孩跟他一起走，又擔心違反《曼恩法》（編註：禁止攜帶女子跨州從事不道德行為），便計畫讓她之後再跟上，然後兩人一起去海外。」

無論如何，斯塔爾最後是因為攝影師皮特·札夫拉斯的介入而得以脫險。札夫拉斯是故事一開頭斯塔爾曾經幫助過的人，當時札夫拉斯在片場裡已無立足之地。

不過斯塔爾此時已經病得不輕，他與凱斯琳「冒著喘不過氣的風險」繼續來往，他們曾享有「最後一次放縱」，那發生在九月初熾熱難耐的酷暑中。然而，這幾次會面都令人失望。

作者在早期草稿中寫道，凱斯琳出身寒微——她的父親是紐芬蘭漁船的船長；在另一處筆記中又提到，斯塔爾難以接納她成為自己生命的一部分，因為她「貧困、不幸，帶著一種不合身的中產階級外殼，不符合斯塔爾對生活所要求的宏偉氣度」。也許，凱斯琳丈夫牽涉的勞工衝突，原本就是用來讓她與斯塔爾決裂的情節設計。

此刻，在布雷迪與工會的聯手下，斯塔爾漸漸失勢，他這類純粹以個人成就突圍的企業家，在片場高層與員工團體日益分裂的當下，早已沒有容身之地。他總是直接對每位同仁負責，甚至想要親手教訓敵人，他是「好萊塢的最後一個大亨」。

如我們在第三章的會議中所見，斯塔爾從不畏懼為冷門電影投入資金，只要這些作品能給他帶來藝術上的滿足。他對電影創作懷有工匠般的熱情，自然也希望把電影拍得更好。然而，自從減薪事件後，他選擇「暫時低調」，甚至完全停止製片。本來作者還安排了另一個片場與會議的場景，來對比第三、四章中他的活躍場面，以突顯他心態與地位的變化。

儘管如此，他仍必須正面迎戰布雷迪，他知道對方什麼都做得出來，甚至擔心布雷迪會謀殺他，因此決定以其人之道還治其人之身，計畫謀殺布雷迪的合夥人。為此他似乎直接找上黑道。謀殺的細節不明，但是為了製造不在場證明，他安排了一趟去紐約的旅程。

他在機場與凱斯琳見最後一面，也與正準備搭機返回東岸的西西莉亞道別。在飛機上，他對自己所做的決定感到噁心且心生悔意，驚覺自己墮落至與布雷迪同樣冷酷的局面，他決定取消謀殺計畫，打算在飛機降落後就發電報，但飛機卻在中途發生事故，未到站便墜毀。斯塔爾不幸喪命，謀殺照常發生。

小說開場章節中施瓦茨那場不祥的自殺，至此與斯塔爾的死亡呼應對照。施瓦茨在遺書中其實已試圖警告他：布雷迪早就想把他從公司中除名了。

斯塔爾的葬禮，原本將以細筆描寫成一場好萊塢奴性與虛偽的大會。人人不是放聲痛哭，就是裝出情緒崩潰的模樣，好讓「對的人」看見。西西莉亞彷彿看見斯塔爾的幽魂在一旁說：「騙子！」

老牛仔演員強尼．史旺森——第二章開頭曾提到他，西西莉亞在拜訪父親時，也曾想幫他找份工作——此人因為被搞錯名字，意外受邀出席葬禮，還成了抬棺人之一，與那些真正的權貴並肩。他糊里糊塗地完成儀式，驚訝地發現自己的演藝生涯自此東山再起，工作邀約接踵而來。

小說最後一幕，本來將描寫公司來了一位野心律師弗萊沙克，讓讀者一瞥其毫無良知與創意的角色性格，象徵了電影產業的未來。後面還會安排一段弗萊沙克與西西莉亞的對話，他是紐約大學的畢業生，可能也想過要娶她，試圖以「知識份子」的口吻與她交談。

西西莉亞在斯塔爾死後，與一個自己並不愛的男人發生了關係——可能是從一開始就追求她、後來是斯塔爾對立陣營的韋利．懷特。父親被殺、愛人身亡使她終於崩潰。她罹患了肺結核，直到小說最後我們才會得知，整個故事是她在療養院中的回憶記述。

我們原本還會看到一個鏡頭：凱斯琳站在片場外。她顯然已與丈夫分居，那場針對斯塔爾而起的陰謀終將兩人拆散。她吸引斯塔爾最重要的一點，就是她並不屬於好萊塢這個世界——如今她也終於知道自己永遠都無法進入其中，她注定只能站在門外，而這樣的命運本身，也是一種悲劇。

作者筆記

第一章

作者在最後一稿的第一張紙上，親手寫道：

以氛圍為基礎來改寫。目前因為反覆改寫而變得生硬了，不要看（前面的稿子），根據氛圍來改寫。

書稿第40頁處。費滋傑羅為本章結尾寫了最初的草稿，這段文字或許比已經完成的稿子更能完整傳達其想法：

以下內容是根據一九二七年，我第一次單獨與他談話而寫成。那天他說了一段關於鐵路的事，我記得他是這樣說的：

我們坐在一間老餐廳裡，他說：「史考特，假想一下你要在山中開闢一條路，在上面鋪設鐵路。你有幾個測量員和其他人可以詢問意見，其中有幾個人說的話可信，其他不可靠。總體來看，大概會有六條可以開鑿的山路，你考慮了一陣子後，發現條件都差不多。假如你剛好是最高決策者，有那麼一刻，你不能按照尋常方式去下判斷，而是要斷然做出決定，於是你說：『好吧，我們就選這條路。』然後手指出一條路線，你心底明白沒人知道你其實毫無把握，至少那條路不比其他幾條好到哪裡去。你是唯一一個知道自己根本不曉得為何會這麼做的人，但你必須堅持你的選擇、佯裝知道自己在做什麼，還得裝成這樣決定是有具體的理由。儘管你常深陷疑慮，懷疑自己的決定是否明智，其他可能更好的聲音也總是徘徊不去，但是當你掌管的事業規模宏大時，絕不能讓你手下的人察覺或是懷疑你猶豫不決。他們需要一個可以依靠的人，所以即使你常常心生懷疑，也絕對不能讓他們知道。」

這時，幾個人走進餐廳坐下，打斷了我們的談話。但我已經對他此番話留下深刻印象，除了驚訝於他的精明和想法宏闊，也佩服他在二十六歲（當時）就已經有這樣的洞見。

所以，我想在這章的最後一幕讓斯塔爾一上飛機就去跟機長並肩而坐，機長會看出他是個與自己一樣，在工作領域果決堅定、無畏無懼的同類。

斯塔爾和機長幾乎沒有交談，所以這段情節可能要透過西西莉亞的視線呈現，或是由空姐跟西西莉亞說起在駕駛艙所見，也可能是透過施瓦茨在飛機抵達洛杉磯前試圖與斯塔爾見面來表現。故事到這裡大部分時候都沒有單獨刻劃斯塔爾，要等到最後一刻。但是我想把最後一段發展成強烈的情緒描寫——引擎熄火、飛機降落、洛杉磯燈火燦爛的場景——寫出一場煙火式的靈魂閃耀，展現出斯塔爾內心的熾熱激情、他對人生的熱愛、對於自己在此地創建偉業的自豪，也許不算是「滿足感」，但肯定是某種「歸屬感」，那是一種回到他所締造的帝國，心有所繫的感受。

我想將他這種心境與那些只是巧取豪奪他人帝國的人（例如加州四位鐵路大亨）做出強烈對比。斯塔爾投入工作並不是因為他「擁有」一切，而是因為他是個藝術家，這是他一手創造出來的，這些帶給他很大的勝利與喜悅感，也不可避免地混雜了勇武行動後常有的悲傷——就像是完成了什麼卻不確定下一步該往哪裡去的感覺。

飛機落地之後，或許就以那場「煙火」作為結尾——將我自己一九三七年初至洛杉磯時所懷抱的「征服新世界」的恐懼移植到斯塔爾身上，但也許以對手的干擾聲作結更好。

第二章

第48頁：費滋傑羅在這章開頭寫下「僅可接受」，寫在這段附近：

「羅比會來處理好一切的。」斯塔爾向父親保證。

這是羅賓森這個重要角色首次登場，作者可能希望透過這樣不經意的登場，讓角色形象更加鮮明。他對羅賓森的角色筆記，詳見後方人物概述。

第三章

這章作者還沒有徹底刪修或整理，這邊提供的是手稿原樣，僅做少許修飾使其順暢。

第82頁手稿如下：

這場攻擊似乎是有預謀的，因為希臘人波波洛斯採取一種讓阿格王子聯想到邁克．范．戴克愛用雙關語的說話方式，不過他說得很清楚，而不是要故弄玄虛。

作者對於阿格王子與老派喜劇作家邁克・范・戴克相遇的這一幕並不滿意。他打算將范・戴克說的雙關語用到別處。以下是相關段落：

「哈囉，邁克，」蒙羅將他介紹給訪客，「阿格王子，這位是范・戴克先生。他的作品曾多次讓你開懷大笑。他是我們電影界最會寫笑話的編劇。」

「也是全世界最棒的。」睜著圓眼的傢伙鄭重地說：「你好，王子……」

王子立刻被捲入范・戴克的談話，雖然聽不懂，卻也禮貌回應。這人似乎說到片場的餐廳，說他在那裡看到王子點了「扭曲的魚和貓的鬍鬚」，王子覺得自己肯定是聽錯了。

王子想解釋自己沒去過那間餐廳，但話題正熱烈，他只好順水推舟地說有去過，並委婉地回應范・戴克錯誤的描述。范・戴克說話不算咄咄逼人，只是相當堅持己見，而且語速極快。

有人要把司布貞先生和塔爾頓夫婦介紹給王子，但他深陷跟范・戴克的對話，竟語焉不詳地說：「很高興能認識我自己。」當時的情況是他在跟范・戴克解釋自己沒在葛瑞塔卡勒餐廳見到泰可．尼佳波。結果對方沒聽懂，反問他的名字是不是艾伯特．愛德華．布奇．亞瑟．阿格．大衛。那個丹麥王子？「那是我堂兄。」王子差點這麼說，頭都昏了。

斯塔爾清晰有力的聲音將他拉回現實：

「夠了，邁克——他是在耍玩『自相矛盾的詞』，」他向阿格王子解釋，「這在這裡的底層工人之間很流行。你說慢一點，邁克。」

邁克禮貌地示範：

「今天早上的門票收入——」他指向斯塔爾：「或是他？」

王子困惑，又問：

「什麼？或是他什麼？」接著他微笑接話：「我懂了。這有點像你們的葛楚．史坦。」

第四章

費滋傑羅對本章開頭的導演情節，備註如下：

萊丁伍德的場面缺乏激情與想像力等元素。

怎麼會這麼奇怪？所有我曾為萊丁伍德做過的想像，都不見了。

第五章

第169頁，在「於是他開始學著寬容、善良、忍讓，甚至學會了愛，就像在課堂上學習知識那樣。」**這段話後，作者為了提醒自己，寫了一句註記：**

現在該寫那個「年輕且寬厚」的概念。

第172頁的結尾段落之後，他則註記：

這裡也許還不夠簡潔明瞭。或者應該說，不夠強烈。也許該加入醫生的診斷。我想用更強烈的一句話讓他退場。

兩份大綱

以下的信件與大綱揭示了這個故事的發展與變化，可以看出作者在寫作初期的構想。

一九三九年九月二十九日，費滋傑羅寫了這封信給出版社，以及有望連載這部小說的雜誌編輯。

故事發生在一九三五年，歷時四、五個月。故事由西西莉亞講述。她是好萊塢製片人布雷迪的女兒。西西莉亞漂亮、摩登，是個非善非惡、極富人情味的女孩。她的父親也是重要角色：是位外表精明的紳士，骨子裡卻是最惡劣的無賴。他白手起家，將西西莉亞捧在手心像公主般養大，送她去東岸上大學，這些讓她多少有點虛榮，然而隨著故事發展，她的性格會逐漸轉變。她敘述整件事情的時候已經二十五歲，但事情發生時她才二十歲，所以她是以不同的眼光在看待過往。

選擇西西莉亞作為敘述者，是因為我自認非常了解這一類人，知道他們看事情及看人的角度。她出生在電影圈，卻又不是真正的圈內人。或許她就誕生在

《國家的誕生》電影試映的那天，五歲的生日宴上可能會有巨星范倫鐵諾到場。她機智、憤世嫉俗卻又對好萊塢的大小人物都懷抱著獨有的理解與善意。

透過她，我們的目光會聚焦在兩位主角身上——蒙羅·斯塔爾和他所愛的女子薩莉亞。

小說的開頭描寫西西莉亞從紐約搭機飛往洛杉磯，寫她在飛行途中所看到的斯塔爾。她早就無可救藥地愛戀他許久，但他對她不會產生愛情的成分，頂多就是帶著對她父親的厭惡而生的一點溫情。

斯塔爾工作過度、疲憊至極，彷彿在用最後殘存的光亮統御著一切。醫生曾警告他的健康有狀況，但他既不畏懼，也不理會。他過去曾擁有一切，卻從未把自己無私地奉獻給一個人。故事剛開場不久，一次小地震後的夜裡（類似一九三五年的那場地震），他終於遇見這個人。

對斯塔爾而言，那也是工作滿滿的一天——水管爆裂，片場積水數呎，彷彿在催促著他也釋放些什麼。他被請去處理片場的電力搶救工作（他總是事事插手），發現有兩位女子受困在農舍場景的屋頂上，於是出手相救。

薩莉亞·泰勒是個二十六歲的寡婦，我目前構想將她寫成我寫過最迷人、最惹人憐愛的女主角。她會有全新形式的魅力，我私下跟大眾一樣厭惡那些被吹捧的傲慢女性形象，比如——。我認為世人不可能對那些「好命的人」產生真正的共鳴，所以我要讓這個女子有如薩克萊《玫瑰與指環》裡的羅莎貝一樣，「擁有一點不幸」。她跟著另一位女子來到片場，後者出於好奇而偷闖進去，結果發生了地震，她們被困在裡頭。

斯塔爾與薩莉亞相遇後，隨即展開一段動人、直接、非比尋常且有肉體關係的戀情——我會以貴雜誌能刊登的風格書寫，同時附上另一份稍微「火力全開」的版本，以供將來出版成書用。

這段愛情是小說的主軸——但我要透過西西莉亞的視角呈現，也就是像康拉德的手法一樣，我會讓西西莉亞（在回憶往事時）像個有智慧且觀察敏銳的女性，藉此讓故事既保有第一人稱敘事的真實感，又享有上帝視角的全知功能。

愛情之外，還有兩條重要支線。一是布雷迪（西西莉亞的父親）意圖將斯塔爾拉下馬，甚至真切地考慮要暗殺他。布雷迪是那種最壞版本的資本家，想要壟斷一切——而斯塔爾儘管有著白手起家成功者的保守性格，卻是個仁慈的雇主。他二十三歲就功成名就，始終懷抱青春時的理想。他願意事事身先士卒，而布雷迪對拍電影其實毫無興趣，只是想從中撈錢。

第二條支線是西西莉亞因為索愛不得，絕望之下，把自己交付給一個她不愛的男人。這段情節對連載雜誌來說不是必要的，可以淡化處理，甚至乾脆刪除。

回到主線：斯塔爾無法說服自己娶薩莉亞，因為這個選擇對他而言「不屬於自己想要的人生」，卻沒有意識到她已經變得不可或缺。他過去的情史總與名媛或影星牽扯，可薩莉亞是個出身貧窮、遭遇不幸、過著中產階級生活的女人，原本就無法與他夢想的宏偉人生相襯。當她察覺到這一點時，選擇離去——不是因為他沒有求婚，而是因為被傷了自尊，她本以為自己早已超脫這類虛榮。

接下來，斯塔爾會全力對抗布雷迪所發起的公司控制權爭奪戰，但就在他飛往紐約、爭取股東支持時，健康陡然崩壞，差點死在紐約。等回到洛杉磯時，布雷迪已經趁虛而入，在公司推動一連串他不能接受的行動。之後他重回崗位，試圖收拾局面。這時候他也終於明白自己需要薩莉亞，兩人和解，共度了完美的幾天，並決定結婚。但他還得再赴東岸一趟，以鞏固勝局。

最後發生的事件，將賦予整部小說格局，讓它真正獨特。還記得一九三三年曾經有一架運輸機墜毀在美國西南部山區，造成一位參議員死亡嗎？我當時印象最深的是，當地村民竟然搶劫死者財物。

我會將這個事件納入故事高潮——載著斯塔爾的飛機墜毀了，有三個孩子（兩男一女）在週日遠足時發現了殘骸。除了斯塔爾，另外還有兩個角色也在事故中喪生（這份摘要無法詳列所有配角）。三名孩子中的一人，拿走了斯塔爾的隨身物品，另外一人翻找過氣製片人的遺體，最後一人偷了影星財物。他們所拿到的物品，將象徵性地導致各自內在的轉變——女孩從女星身上拿到的東西會引發她自私的占有慾；男孩從落魄製片人那裡獲得的東西將讓他陷入無所適從；而搜刮斯塔爾公事包的男孩，在故事最終將挺身而出，一週之後他會向法官坦承一切，成為三人之中唯一得到救贖的。最終的場景會回到好萊塢。

故事中薩莉亞從未進過片場，她會站在斯塔爾所建立的那座龐然電影王國前，意識到自己永遠無法走進去。她只知道斯塔爾愛過她，是個偉大的人，會為自己所相信的事情犧牲……

整部小說裡沒有任何讓我憂心或者忐忑之處，它不像《夜未央》是個走向衰敗的故事，所以讀起來沒有壓抑、不顯病態，儘管結局是悲傷的。若真要說它像我的哪一本書，那應該就是《大亨小傳》，但我希望它能完全不同——能激起讀者新的情感、甚至讓人用全新的視角看待某些現象。

我刻意將故事發生的時間定在五年前，以便取得敘述距離，如今歐洲的局勢風雨飄搖，這個選擇顯得更加合理。這是一場遁入浪漫璀璨過去的旅行——而那樣的過去，也許將一去不回了。

作者寫的最後一份大綱

事件		
A 1飛機 6/28 2納什維爾 3往前。不同的。 6000字	章（A）介紹西西莉亞、斯塔爾、韋利和施瓦茨出場。	第一幕 六月 （飛機） 斯塔爾 6000字
B 4強尼・史旺森—馬庫斯要走—布雷迪 5地震。 6片場外景區。 3000字	章（B）布雷迪、凱斯琳、羅賓森與秘書們。夜晚的氛圍持續。	第二幕 七月到八月初 （鬧劇） 21000字
C 7攝影師。斯塔爾的工作跟健康。透過她寫的東西。 7/28 8第一場會議。 9第二場會議及後續發展。 10片場餐廳裡關於非營利電影的談話。看樣片。接電話等。 5000字	章（C、D）列出賓客名單，有如蓋茲比的宴會。挑選內容，全部放進去。要有情節，但最後要導向13。	斯塔爾與凱斯琳
D 11觀看樣片。 12第二次相見那夜。認錯女孩。短暫的印象。 2500字		
E 13西西莉亞及斯塔爾，舞會。 8/6 14馬里布海灘的誘惑。設法進入片場。故事正中間。 15西西莉亞跟父親。 16接到電話與婚禮。 6000字	章（E）三個故事片段。15的氛圍最重要，暗示這房子裡的「荒原」氣息已經積重難返。	
F 17與布里默的重大決裂。 8/10 18晚禮服腰帶－市場－（跟班切利在戲院） 8/20 19四人碰面。和解。帕洛馬。 20韋利在辦公室。 5000字	章（F）這段完全寫女士們。介紹史密斯（第一次出場？）	第三幕 八月到九月初 （地下勢力） 11500字
G 21在華盛頓病了。這段不要？ 8/28-9/14 22布雷迪與斯塔爾互相要脅。與韋利爭執。 23拋棄西西莉亞。她將情況告知父親。停止拍片。劇本會議－看樣片與場景。工作一結束，他就靜靜躲起來。 24與凱斯琳最後的激情。好萊塢恩西諾地區熱浪中的昔日巨星。 6500字	章（G）斯塔爾遭受打擊。灼熱感一路蔓延，高潮落在25。	掙扎／角力
H 25布雷迪找上史密斯。弗萊沙克與西西莉亞。 9/15-9/30 26斯塔爾聽到計畫。攝影師沒事。制止它—病況很差。 27解決問題。凱斯琳在機場。西西莉亞回大學。 7000字	章（H）西裝與代價。	第四幕 （凶手們） 7000字 潰敗
I 28飛機墜毀。從弗萊沙克身上看到好萊塢的未來樣貌。 9/30-10月 29片場外面。 30喪禮上的強尼・史旺森。 4500字	章（I）斯塔爾之死。	第五幕 十月 （結尾） 4500字 後記 ——— 51000字

西西莉亞

下列這段文字原本是要寫成故事的開場，但費滋傑羅後來決定捨棄，擔心這樣寫會太沉重，而西西莉亞在肺結核療養院的場景原本要安排出現在書末。

我們這兩個男人被那張年輕的面孔給吸引住了。幾個月前，我們曾去科羅拉多大峽谷短暫一遊，就像是對生命最後的張望；如今回到醫院，在夕陽和高燒之中，這位女孩的面龐彷彿也沾染上了那「自然奇景」的一抹玫瑰原色。

「多說一點，」我們說，「我們對這種事情一竅不通。」

她開始咳嗽，然後改變主意——人都是這樣。

「我不介意告訴**你們**。但為什麼我們的朋友，那群氣喘鬼，也要一起聽？」

「他們已經要走了。」我們向她保證。

我們三人仰靠在椅背上等待，一名護士帶領著一小群神情慌亂的人——顯然她聽見了剛剛那句話——回去療養院。護士回頭望了西西莉亞一眼，似乎想回來搧她一巴掌，接著改變主意，匆匆追上隊伍。

「他們走了，現在可以說了。」

西西莉亞仰望著亞利桑那燦爛的天空。她看著它——這片曾經象徵著晨光與希望的藍天——但她心中所懷的並非遺憾，而是那種在經濟大蕭條中成長的年輕人所特有的、自以為是的迷惘。如今她二十五歲了。

「你們想知道什麼我都可以說，」她承諾道，「反正我沒有義務幫**他們**隱瞞。他們偶爾會飛來探望我，但我才不在乎——我已經毀了。」

「我們都毀了。」我溫和地說。

她坐直身子，身上穿的阿茲特克花紋洋裝從納瓦霍毛毯的圖案中浮現。那件洋裝很薄——特別適合這片陽光之地——我想起另一個女孩在另一個時空裡閃著光的肩頭，而如今我們都只能留在陰影處。

「你不該那樣說，」她糾正我，「我毀了，而你們只是兩個染上毛病的好人。」

「你可別不承認我們也有過去，」我們反駁，帶著一種老成的自嘲。「四十歲以上的人不允許擁有過去。」

「我不是那個意思，我是說你們會**好起來**的。」

「萬一沒有好呢，你就告訴我們吧。人們現在還會說起他。他到底是什麼樣的人？影壇的基督？我認識在西岸工作的年輕人，個個都恨透他了。你是不是也為他瘋狂過？別這樣，西西莉亞，給我們兩人麻木的舌頭來一點味道吧！想想我們半個小時後得吃醫院供應的晚餐。」

西西莉亞看著我們，目光閃過一絲遲疑，隨即開始否定——她否定的不是我們活著的權利，而是我們擁有激烈情感的資格：失落的痛苦、燃燒的激情、閃爍的希望抑或心潮澎湃的狂喜。她開始說話，清了清喉嚨。

「他從沒正眼看過我，」她不滿地說，「你們現在這種氣氛，讓我不想談他。」

她掀開毯子站起身，中分的頭髮從她憔悴的兩頰垂落，如同棕色堤壩流下的水波。她的胸部高挺卻消瘦，完全是那個時代的女子模樣。她踏出門時，腳跟輕快有勁，帶著一種不言而喻的優越感，走進那棟建築的走廊——那是我們通往奇境的唯一道路。如今西西莉亞似乎已不再相信什麼，她曾經有可能走上另一條路，只不過早已錯過。

然而，我們始終深信她會把那個故事說出來——她果然說了。以下就是我們將她所說拼湊出來的版本。

接著是西西莉亞說的故事。

我應該要先解釋，為什麼我那年夏天老是在片場晃來晃去。首先呢，我已經大到不願意被擱在門外，而且我懂得怎麼待在那裡不打擾到別人。其次，我跟韋利・懷特為了誰才有權力處置我的身體吵了一架，這時候，出現了一個叫做X的男人，我雖然不打算嫁給他，但他當時正同時演三部片，都是那種差點抱得美人歸的男主角，為此他得一直待在片場。第三，最重要的是，我根本沒別的事可做。（第四點是關於好萊塢男孩們的描寫。）

西西莉亞與凱斯琳

她穿著一件在薩克斯百貨買的小洋裝，大約十八・九八美元，頭戴一頂粉藍相間的小帽子，有一邊像是被踩過。她的指甲是淡粉色的，幾乎像沒塗，頭髮則讓人無法確定是否染過色。舉止有禮，但顯然有些不知所措，X花了一些時間向她解釋我是誰，最後發現一件殘酷的事，凱斯琳・摩爾從未聽過我父親。

「我一直在找工作。」她說。

「什麼樣的工作？」

「我一直在翻報紙廣告，什麼是『斯瓦米』？」

X解釋了一番——還挺有趣的。

「他算是最積極的，」凱斯琳說，「但我想那行不通——他頭上那條噁心的毛巾太可怕了。」

父親以前常和猶太人為了猶太和愛爾蘭人使的那些小手段吵架。猶太人說他老是誇大其辭，而父親覺得自己講得很準。比方說，他的落淚手法。

斯塔爾

斯塔爾的一天通常從片場開始。妻子去世後，他就經常睡在那裡；他的辦公室裡有浴室和更衣室，長沙發可以當床。洛杉磯很大——每天通勤開車來回三個小時並不罕見——睡片場可以省下大量時間。

他從不願意在影片最後掛名——他說：「我不想讓名字出現在銀幕上，功勞應該給其他人。如果你是那個擁有權力決定誰該掛名的人，就不需要放上自己的名字了。」

我也想說說他的一大缺點，他身邊總是圍繞著一群才智遠不如他的人，而且，可能是出於對自己的健康太有把握，他在二十幾歲時覺得自己能夠掌控一切，因此意見強烈的主管與其說能幫他，不如說是在妨礙他。

他與導演之間的關係——最重要的是他能將對他們的工作干涉降到最低，雖然他也得罪過人——這點必須強調——在他之前，打從格里菲斯拍出《國家的誕生》以來，導演一直是電影世界的絕對主宰。他出現之後，有些人對於他將導演的地位從「絕對的主宰」降為「團隊中的一份子」心懷怨懟，但是他對片場的關心、民主化的作風，以及他在工作團隊裡的人氣，都值得肯定。

然而，這些還不足以讓人清楚地理解斯塔爾。我得回到他的童年時期，他母親曾說過：「我們一直都知道蒙羅會沒事的。」……要記得，他個子雖小——肯定不超過五呎六吋半（大約一六九公分），體重也輕（這也是他喜歡別人坐下來的原因之一）——卻是個打不垮的鬥士。他的妻子曾在威尼斯被人調戲，他當時就失控跟人打起來……他大概是那種從小好勝，在街坊帶頭打架的人。

他從小就很受男性歡迎，因為他跟人相處一向輕鬆自在——他喜歡蹺著腿抽菸，跟男士們打成一片。說到底，他是個男人喜歡與之為伍的男人，而不是女人心中的夢中情人。

他平時說話不擺架子，不會讓其他男人感覺彆扭。有時他會混在一群導演裡——他們多半酒量驚人，但他不太喝，大家還是爽快地把他當自己人，就像在說「好傢伙，見到你真高興」——即使後來幾年，工作壓力讓他日漸拘謹，他也從不給人道貌岸然或扭捏作態之感，我相信這是他天性使然，而非偽裝。某方面而言，他有著拿破崙的特質，喜歡戰鬥——這也是我剛才說過的，他從小就喜歡打架，這點倒是沒變。

如果要說他掌權之後用了一些權宜的手段達成目的，那也是因為工作角色需要，而非天性。他本質上就是個直接、坦率、充滿挑戰性格的人。從以上線索，可以推斷出他童年會是什麼模樣。

這一章不該淪為單純的人物性格分析。我對他所下的每一個定義，相隔幾百字內都必須配上一則鮮明的軼事或故事，讀起來才會鮮活。我不想讓它讀起來像分析性文章，希望整章都能像老萊姆利打電話時的情節那樣富有戲劇性。

斯塔爾心知自己對電影技術的了解僅止於實用層面，但他主事太久，加上很多後進都是在他掌權時期訓練成長的，以至於外界誇大了他的電影技術知識，對此他也就順勢地接受了，這是最省事的方式——謹慎地擺出架勢。在配音室——

聲音的剪輯就像畫面剪輯一樣重要——他完全憑耳朵工作，經常在那些不斷翻新的術語中迷失。他看著那些偽造動態背景的新技術：在一個移動影像的背景前拍攝——他以一種小孩子似的祕密讚許態度觀看著。其實他很快就能理解這些技術——但他寧可選擇不去理解，好保有感官上直覺的享受，以便在看樣片時純粹欣賞那些畫面。他身邊有一些聰明的新銳——雷蒙德就是其中之一——他們說起話來總想讓人覺得他們對電影瞭若指掌，但斯塔爾不是，他表達意見是出於個人觀點，而不是技術人員的觀點。因此，他的角色與當年的格里菲斯截然不同，格里菲斯的每一格電影畫面都是來自其才能的構思——但斯塔爾不是。

這些高層主管，恐怕沒有人一年裡看過一部完整且有想像力的作品。斯塔爾忙到根本沒時間看，只能靠大家寫的大綱來判斷。如今他開始懷疑那些監製是否真的看過除了指定稿件以外的任何東西，他甚至懷疑選角部門的視野是否達到他所希望的狀態（這裡可以設定一個人物）。一齣戲在舊金山演了一年半——其中有段特效演到洛杉磯才被人注意，那些年輕表演者吸引了一群身穿黑貂皮草、略顯疲態的觀眾，不到一星期，那段特效變得炙手可熱。為此公司得用高預算買下它——如果當初夠敏銳，根本不用花一毛錢就可以到手。

要讓人諒解斯塔爾那天下午的行為，就必須記得他是從舊好萊塢出身的人，在那裡就得懂得粗野難纏，最誇張的虛張聲勢也能立足。他打造了好萊塢新的光鮮、洗練與秩序，但有時他還是會想要拆開這一切，看看裡面是不是真是那樣。

然而此刻，他站在那裡，就在樂隊開始奏樂、舞者起身之際，他心中突然響起一句話，連他自己都感到吃驚，那聲音說：「我厭倦得要命。」

這句話甚至不像是他會說出口的。「要命」太誇大了，他懷疑是不是他最近在哪本書裡讀到過。他並不常外出，不至於因此感到厭煩或者動念這樣想。他懂得如何避開無趣的人，也早已習慣謙遜優雅地接受別人的敬仰與讚美，而且多數時候都能樂在其中。

幾個男人走來，他手插褲子口袋與他們交談。其中有個恨他入骨的經紀人，據說私下總揶揄他是：「好萊塢的耶穌」、「行走的奧斯卡」、「拿破崙再世」。

經歷審查後的某個時刻，蒙羅對這些幼稚行徑徹底厭惡。

表現斯塔爾如何在不傷人的前提下退避人群。

像許多男人一樣，他不喜歡花朵——除了幾種野草花。他覺得花朵太過進化、太有個性。但他喜歡葉子、剝皮後的樹枝、七葉樹果，甚至是橡實——不論是未熟、成熟還是被蟲蛀過的。

斯塔爾在故事的結尾，開始陷入痛苦與苦悶。

臨終之前，腦中還浮現《崩潰》裡的想法：

「我看起來像死了嗎？」（傍晚六點，看著鏡子。）

那些被賦予異常強大工作能力、分析力或其他構成巨大個人成功要素的男人，一旦有了錢，似乎就會忘記這些能力並非他們周遭的人也都擁有。所以當布雷迪的舉動激發組建工會的聲音，斯塔爾的態度就反轉了，他倒向了另一方，幾乎與布雷迪成為同盟。請注意，在故事尾聲，我想表達斯塔爾所留下的不只是善，也有某種傷害。有些反動的力量，比如「電影劇作家協會」在他死後仍然繼續存在，就如同他留下許多有價值的作品一樣。

然而，要記住這部分在這一章只占小部分，必須以格言式、機智聰明的方式寫出來，也許從某個即將離開好萊塢的人口中說出（斯塔爾會在這章最後搭飛機離去）。無論如何，這部分不應該干擾這短短一章的情緒。不論是近距離描寫還是遠距離刻劃，這一章當屬於薩莉亞（凱斯琳）的，必須讓讀者在心中留下她的身影。

凱斯琳

她終於意識到：人生的軌跡就像天上飛機的航線，沒有人知道它將往哪裡去。如今已經沒有像丹尼爾．布恩那樣砍樹開路的拓荒者，這個世界會繼續前行，即使不是她想像的那樣，人生軌跡仍會繼續。這會是一場既可怕又孤單的旅程。

她想起小餐館裡的電風扇、櫥窗裡的冰鎮龍蝦，還有那些在陰鬱的城市天空、在炎熱漆黑的夜空下閃耀旋轉的招牌。而貫穿這一切的是一種奇異深沉的神祕——屋頂與空無一人的公寓、穿梭公園小徑的白色洋裝、星星成了手指、臉龐代替月亮，人們與陌生人之間完全不知道彼此的名字。

鏡子裡，那尚未耗盡的燦爛美麗仍糾纏著她。

凱斯琳與她丈夫？

他在小屋裡找到她，她正站著發呆。他怕她開始沉思，因為他知道在那個與他最疏離的心靈角落，正展開一場沒完沒了的邏輯推理，而她最後都會冷靜地歸結到人生就是如此充滿不公與不滿。他知道她思考的方式，只是不解最後總會落入純粹抽象的抗議，在那之中，他和她一樣，都成了只能被驅策的一環。

這結果比直接對他說「這都是你的錯」還讓他害怕——因為這樣一來，她似乎把整個情境與解釋權提昇到他無法掌控之處。在那裡，他的心智比她更像女人——輕飄、失衡，就像狄更斯筆下抱怨妻子「暗中藉禱告詛咒他」的角色。

斯塔爾與凱斯琳

目的：我想要一次「誘惑」——非常加州式，但又很新潮——很好萊塢式，可以這麼說。即便不抱幻想，至少也懷著憐惜、興奮、善意、刺激與迷戀。

這段關係要怎麼呈現出溫度？為什麼他能感受到她的溫暖？比《戰地春夢》裡的聲音還溫暖。我筆下的女孩總是溫暖且充滿希望。我要怎麼做才能讓這段關係真誠且與眾不同？

夜晚的大海、科莫湖、聖波勒（我在《夜未央》寫過）。為何法國的浪漫冷淡又哀傷，而威爾斯筆下的浪漫卻很溫暖？

整體氛圍。情感爆發後，他們返回。她還在想著撤退，但不敢細想。那還是今晚，陰暗、多雨，沉悶的白天（將原先設定的時間調至「日落」）。他們離開旅館才三個多小時，卻像是過了一世。要迅速抵達目的地。那地方讓人感覺像拍片現場的布景。氛圍應該是兩個人——自由的。他對她有壓倒性的渴望，她彷彿能讓他重拾生命——儘管他尚未考慮婚姻——她是希望與新鮮的核心。**他誘惑她，因為她正在逐漸溜走**——她讓自己被誘惑，因為那股壓倒性的崇拜（那通電話）。一旦確認了感情，氣氛轉為感官的、急促的、即刻的，然後轉為溫柔與親密。

她完全準備好了，也覺得這是對的，無論如何都會是美好的時刻，但這一次遠遠超出他的期待與希望，不像年輕戀人之間的感覺，而是聰明、深情、令人窒息的甜蜜——正如他與米娜分離多日後再次相聚時會有的感覺。他彷彿離開了千里遠後看到了自己，但他沒有讓她發現。

這女孩擁有自己的人生——他很少遇上那種生活上不需要依賴他也不想依賴他的人。

羅賓森

這些關於羅賓森的段落，都與故事早期的一個構想有關。作者後來放棄最初想讓凱斯琳與羅賓森發展戀情的想法，但後來他仍會成為布雷迪挑選來對付斯塔爾的角色。在這些片段中，凱斯琳被稱為薩莉亞。

我希望這段情節能描寫一位剪接師、攝影師或第二組導演在拍攝一部類似《冬季嘉年華》的電影，寫出這些人從事的工作，用來突顯羅賓森工作的速度、反應以及為何他會是現在這個樣子，而不是賺取高薪的技術主管——雖然他的技能足以擔當那樣的角色。我也可以利用一些達特茅斯的風景氣氛，例如雪景，但必須小心不要使用瓦特．溫傑在《冬季嘉年華》中用過的素材或者任何我向他建議過的情節。

我可以從西西莉亞的視角開始這一章，她是嘉年華會的賓客，然後迅速切換到羅賓森的故事，也許讓他們在電報桌邊相遇，她在那裡看到他正在發電報給薩莉亞。到這時為止，我透過所選的材料——為雪景電影拍攝背景——不僅發展出羅賓森這個角色的現狀，也保留伏筆暗示未來他被腐化的可能。然後用一段非常短的過場或蒙太奇，安排整個劇組乘坐「首都特快」前往西岸好萊塢。西西莉亞也許和自己的朋友同行，並說服原本的製片人（無能的那位）與羅賓森同行。

布雷迪最初選來對付斯塔爾的，是剪接師羅賓森。必須先將羅賓森這個角色發展到讓此事合理——也就是說，現在的羅賓森應該具有三種面向。最有可能的一種，就是把他塑造成像軍隊中士。然後是他與世界的關係，他有一種保守、公式化、甚至庸俗的處世方式。再來就是新的元素，讓他有可能遭遇環境腐化而捲入此事，再為布雷迪所利用。為此，一開始就必須給羅賓森設定某種缺陷——儘管他勇敢、有資源、有技能，還具備我想賦予他的「中士美德」，但也必須有某種祕密的弱點——也許是性格上的。可能會是性。如果是這樣，他就不可能與薩莉亞發展關係，薩莉亞絕對不會接受一個無能的情人。或許這個缺陷不是性的——不是不夠男人——總之目前我還沒有明確的想法，這個等日後補充。無論如何，他會愛上薩莉亞，然後出於對斯塔爾的妒忌心，順理成章被布雷迪利用。

薩莉亞曾斷斷續續地與羅賓森交往，這令她有點羞愧。羅賓森就是我稱為「剪接師」的那個角色，在他的專業領域裡，他是個非常有趣且細膩的人，類似軍隊裡的中士，也像我在藝人工會裡很欣賞的某個剪接師，或任何類型的問題解決者、技術人員。

我想把這樣的職業風格對比他在文化都市裡的墨守成規與從俗，他是那種女人用小指頭就可以擺佈的男人。他也許能在暴風雪六十英呎高的電線桿頂端，在伸手不見五指的黑夜中，運用靴子上的釘子自製破鉗子，修好極為錯綜複雜的電線——但是當他面對那些能力有限的人輕易就可以應付的社交場合，反而手足無措、笨拙呆板——讓人以為他庸俗平凡，像辛克萊．路易斯筆下的巴比特。

斯塔爾會在某個時間點察覺他的這種反差，斯塔爾在故事中會被描寫成一個總是能夠看穿表象、直視本質的人。

薩莉亞面對這個男人的態度是：即使在親密關係裡，她也總是主導者，而他的感激之情與愛交織，但他始終覺得她遠比自己高明。斯塔爾會在某個時刻讓她看出其假象——我想藉此表現男女看待關係時觀點的差異，尤其女人更習於抓住某種優勢不放，或者說跟男人比起來，女人在某種性格層面上更少寬容，或者我其實只是想說她們觀點較為狹窄？

斯塔爾點了點頭，走在隊伍前方。羅賓森幾乎與他並肩，只稍微落後一點。他是個下巴削瘦的技術人員——好萊塢最頂尖的剪接師。我過去與那個圈子不常接觸，但我知道羅賓森的剪接技術好到經常有人想邀他去當導演。他曾在默片時代試過一次，可失敗了。如果我沒看錯，那樣的人絕不會想要掌控一項計畫。

他從密西根雷雨中的電線桿頂被召喚下來，轉去承擔另一項艱鉅的任務——在步兵營裡以中士身分與炮兵部隊建立實質聯繫，從那一刻起，他就意識到一個沒受過教育的技術人員比十二個「新手訊號軍官」還有用，這之後他就再也不信任上級，也不想再做上下溝通之外的職位。

他身上有一種溫暖，斯塔爾很喜歡。他經常湊過來向斯塔爾提議，因為他能察覺出某些真相與錯誤——他的建議在實際情況中常常簡化成：「管他的呢——這幫傢伙知道什麼？好吧，動手吧。這條線怎麼接？可以，這是個好主意。」

飛機失事

費滋傑羅曾詳細地勾勒一段孩子們發現墜毀飛機的情節（此事在他寫給出版社的信中也有提及）。他曾一度決定捨棄，因為他覺得斯塔爾的葬禮更適合用來作為尾聲；但從他後來寫的一則筆記看來，他仍在考慮採用這一段。

我並不打算描寫墜機的過程，所以必須用細膩的過場來開啟這一章，只呈現飛機起飛時最後的斯塔爾，並簡要地描寫其他登機的人。當讀者翻到第十章時，飛機已經飛到紐約，我要確保他們不會因為場景、情勢突然轉變而困惑。可以用開場的一段來告訴讀者西西莉亞的敘述到此為止，接下來的情節是作者本人在奧克拉荷馬州的鎮上，從一位地方法官那裡獲知的情節。這些事會發生在飛機墜毀後的一個月，那場事故將讓斯塔爾與機上所有人葬身白茫茫的大地。我會描寫雪如何掩埋了殘骸，儘管搜救隊伍費力搜尋，仍遍尋不著飛機。然後敘事再度展開——到了隔年三月初，春雪融化時，揭開序幕。（我得重新檢查所有章節，把時間安排得合理：斯塔爾第二次前往紐約——也就是他罹難的那趟——時間是在洛磯山脈初雪後。我想讓這件事就像真實世界裡有架失蹤兩個月後才被發現的飛機與倖存者一樣。）

也許可以考慮透過某種手法，在孩子們發現飛機前，不先透露墜機這件事。問題在於又不能讓讀者翻開第十章時感覺困惑。另一方面，若讓讀者迷失幾分鐘，戲劇效果可能更強，我幾乎可以肯定應該這麼處理，但必須找到能夠做出這種效果的方法。

第十章必須有一段過渡性的開場，讓讀者知道故事還在延續，可以語帶閃躲，讓人以為只是西西莉亞不再講述接下來的故事，而不直接揭露飛機撞上山峰、在人間消失幾個月的事。

給予讀者足夠的過渡，讓他們準備好接受場景和情勢的轉變，之後空一段，接著開始講述下面的故事：一群孩子徒步郊遊，來到這個高山州，時值初春融雪。從這群孩子中挑出三個，分別是吉姆、法蘭西絲和丹。營造奧克拉荷馬州特有的氣氛——冬天驟然結束時的冷峻氣候。那是一種極其寒冷的天候，經歷長冬後，大地彷彿被施暴般地突然解凍——積雪毫不留情地急速分裂，就像冰塊崩裂開來。陽光閃耀，三個孩子與帶隊的老師或童子軍領隊走散了，叫法蘭西絲的女孩發現了一截破碎的飛機引擎與輪子。她不知道那是什麼，只覺得困惑，當時她正在跟吉姆和丹打打鬧鬧。她是個聰明的十三、四歲女孩，雖不知道那是飛機零件，卻意識到不尋常，那種東西根本不該出現在山中。

起初她以為是採礦機械的殘骸。她呼喚丹過去，再叫吉姆，三人隨即忘了剛才的嬉鬧，開始尋找更多機械殘骸。最初他們本能地想去通知隊伍其他人，吉姆——這兩個男孩大概十五歲，他是聰明的那個——辨識出是墜毀的飛機殘骸，雖然還沒聯想到去年十一月失蹤的那一架。法蘭西絲則找到一個皮包和打開的行李箱，那是女演員的東西，裡面裝著對女孩而言近乎夢幻的奢侈品。珠寶盒散落在地上的枝葉間，但完好如初，還有一些香水瓶，都是鎮上沒有的，也許還有一件睡衣或者任何我能想到電影女星會攜帶的頂級時尚用品。她被這些東西完全吸引住了。

此時，吉姆也找到斯塔爾的公事包——那正是他一直夢想擁有的，斯塔爾的皮包品質上乘——還有些旅行用品。這些東西明顯是有錢人的隨身物品，一位極其富有又裝備齊全的人會在旅途中隨身攜帶什麼，這部分我還沒想法。然後，丹提出建議：「為什麼我們要呈報這件事？我們可以之後再上山來，一定還能找到更多東西，說不定還有錢——反正這些人都死了，永遠不需要它們了——我們大可以裝作不知情，等別人自己發現就好。沒有人會知道我們來過。」

丹說話的方式，與布雷迪某種程度上很相似，這一點必須細膩地處理，不要讓人覺得是在寫寓言或道德教訓，但同時要讓讀者感受到這層意思。只暗示一次，不要反覆強調，讀者沒察覺也無妨——不要重複提。描寫法蘭西絲在這個處境下的猶疑、道德感模糊，描寫吉姆從一開始就對這種做法是否對死者公允心存疑慮。這段故事以孩子們重回隊伍作結。

幾個星期之後，孩子們已經多次前往山上，搜刮了所有有價值的物品。丹對於自己找到的東西格外得意，其中包括朗庫南的破舊物品。法蘭西絲則明顯地不安、害怕，傾向於支持吉姆。而吉姆則為整件事情所苦，他知道搜救隊已經去了鄰近的山頭——也派了飛機上來。隨著春天全面來臨，祕密遲早會曝光，每次上山他都覺得風險越來越高。不過，這些感覺透過法蘭西絲來呈現會更合適，因為這時吉姆已經讀了斯塔爾皮包中的文件，他在夜深時從藏在柴房裡的皮包取出來讀，漸漸對這名男士產生敬意。當然，這段期間三個孩子已經知道那架飛機以及機上的人，還知道是誰的遺物。

有一天他們發現了屍體——大約六、七具，仍半埋在雪中。我不打算將場景寫得血腥可怕。總之，斯塔爾的某封信裡的某句話，會讓在夜裡讀到的吉姆下定決心去找法官，坦白一切。他不顧丹的威脅——丹的個子比他高，也能打贏他。我們要在此告別這些孩子，讓讀者知道他們已經被交給值得信賴的人，不會受到懲罰，東西也會全數歸還。他們可以在法庭上辯稱當時不懂事，以為是「拾得者有之」。三個孩子都不會受到處罰，要留給讀者這樣的印象：吉姆是個好孩子；法蘭西絲略受到誘惑，過幾年也許會踏上尋求刺激之路，可能會成為詐騙份子，也可能會墮落為妓；丹則完全腐化，終其一生將不斷找尋不勞而獲的機會。

必須非常小心，不要把這段寫得像寓言或帶有教訓意味。要明確指出吉姆沒問題，結尾也許落在法蘭西絲身上，讓讀者懷抱希望——希望她會變好——然後再奪走那希望。以法蘭西絲最後的一幕作結，讓人感覺她仍相信下一個山谷那頭就是奢華，為這段插曲帶來苦澀的結尾，驅除不自覺地滲入其中的感傷或道德教訓。結尾務必落在法蘭西絲身上。

飛機墜落對孩子們造成影響，這個想法一直在我心中。飛機也許可以墜落在洛杉磯郊區。斯塔爾本以為那是片山丘，實則就在洛杉磯附近——那片荒涼是他親手造就的。

好萊塢等

若想講述斯塔爾一天的生活，幾乎無從下筆，不是因為難以描述，而是讀起來勢必無趣。東岸的人們假裝對電影拍攝過程感興趣，但等到你真的開始講述，他們只想知道考爾白穿了什麼、蓋博的私生活如何。他們從不注意操偶說腹語的人，只看著那些布偶，連那些本該是見多識廣的知識份子，也喜歡聽些虛張聲勢、揮霍無度或庸俗的故事——你若告訴他們電影有自己的語法，就像政治、汽車生產或上流社會一樣，他們就會一臉茫然。

我可以試著讓你理解斯塔爾對「好」（nice）這個字的獨特用法，這和聖西門公爵所說的「禮節」有些相似，而你可能會把我說的當成一場關於品味的講座。

對比華納兄弟的敘事與米高梅的戲劇化、緊湊——那是來自斯塔爾的頻繁剪接手法。

斯塔爾與阿格王子

「走吧，我們去午餐。」他隨口又補了一句：「布羅卡是好萊塢裡最厲害的人，除了盧比奇與維多之外。但是他老了，脾氣變得很差。他還看不出導演在電影裡已經不是一切了，那種想法是從前那種即興拍攝的時代留下來的。」

「即興？」

兩人走出門，斯塔爾笑了起來。

「導演以前會把劇情寫在袖口上，因為那時候根本沒有劇本，編劇都叫『搞笑人』——通常是些記者，全都是酒鬼。他們會站在導演身後出主意，導演如果喜歡，而且跟袖口上的草稿合得上，就會把它拍出來。」

大型片場的問題是：每個製片人、導演和編劇都可以舉證證明自己是賺錢的那個。電影產業起初不受商界信任，而後隨著題材的快速變化，優秀人才被淘汰，加上淘金營地的觀眾只想看低俗影片的風氣、技術不斷地複雜化與由此產生的種種變數——在這樣的環境中，留下來的每個人當然都可以說自己賺過錢——即便事實上只有不到三分之一的製片人、二十分之一的編劇能在東岸靠這門手藝維生。

這些人當中，沒有一個——無論素質多麼低劣或能力多麼有限——不會聲稱自己曾在某部成功影片中扮演過重要角色。這就導致後來與他們相處的困難。

記得我寫在《瘋狂星期天》裡的結論——不要寫到讓人覺得他們是壞人。

女演員——介紹她出場時要緩慢、近距離、逼真——讓人相信她真實存在。透過某種方式讓她一開始就坐在你旁邊，不是以女演員的身分，而是具備所有特質但尚未明說的存在，聲音大又刺耳，在你耳邊聒噪，然後你才逐漸發現她確實是位女演員。千萬別用冗長的職業生涯介紹，會沖淡這份感覺。讓她靠近，永遠不要只寫出她的名字，要從她的習慣動作寫起。

鬍子——蒙提·沃利的鬍子。鬍子是家庭中賴以維生的資本，但已經七週沒派上用場。它在《颶風》裡曾大放異彩，而上週三卻得了個差評。搞個噱頭把它剃掉——我會丟了飯碗。那是我的聲望、我的自尊。造成自尊受損。三萬美元。把假鬍子剃掉。

蒂莉．洛施煩惱「異國風」是什麼意思。

他當編劇實在還太嫩，連經紀人上門，他都以為對方是要他幫報紙寫文章。（這裡說的是《好萊塢產業報》的常態，他們會強迫新人刊登廣告，否則就威脅會給予負面報導，或者根本不報導。）

《好萊塢產業報》裡的某位男士給過我建議，不要讀書。

X的人物設定，一位失意的製片人。

──他死後，有人說他與默片時代一同死去。

我們需要一種新公式。

任何對主流觀念的巧妙反駁，對某些人來說都價值連城。

笑話：「那就拍成兩個版本吧。」

當女人說「我們可以敲點什麼出來」，就像黑人女傭說「我幫你把絲襪漂一漂」一樣，說得比做得簡單，彷彿不需費力。

床邊地板上，有一大堆電線——可以透過錄音機聽見每個人的聲音。

她那銀亮的金髮似乎不受天候影響，只有一小綹瀏海垂落，像是被默許——甚至被期待——在風中輕飄。她身上有種明確的氣場，讓人感覺整個人都經過精心設計，那幾乎看不出存在的眉毛、在細如波紋的眉下的那雙眼等等。她的牙齒在曬黑的肌膚上顯得如此潔白，嘴唇紅亮醒目，與那雙藍色眼珠一搭配，瞬間撼動人心——就像嘴唇是綠色、瞳孔是白色那樣教人駭然。

她懼怕那支從金屬架垂下、黑色圓錐形的話筒，怕它在陽光明媚的房裡發出尖銳刺耳的聲響。聲音停了一分鐘，取而代之的是她的心跳，之後又響起。

好萊塢的孩子。一張精明冷硬的小臉，就像成功的街頭妓女裝在玩偶的身體上，聲音裡有種被教導出來的哀怨語調。

拍下我們大多數人的出生到死亡，即便完整播放，也不會引起觀者任何情緒，除了無聊和厭惡。整個過程看起來就像猴子抓癢而已。你對朋友的寶寶錄影或者旅遊影片有什麼感覺？是不是無比無聊，簡直要命？

七月酷暑中的一場美式足球隊訓練。

兩支熱得發昏的隊伍，每天耗費五百美元，在場上磨蹭。演員、臨演與攝影團隊。空無一人的看台高處，是斯塔爾與他心愛的女孩。

比如說，有個人曾極其認真地請求斯塔爾幫忙：希望某天早上在公司餐廳門口，斯塔爾能對他說聲：「嗨，提姆！」然後拍他的背一下。

斯塔爾調查了這人的紀錄，然後真的拍了他一下。這人就此「升天」了。

幾乎就是字面意義上的升天，因為他馬上就被好萊塢頂尖經紀公司錄用——這就是喬治．蓋希文說的「能做到的話，這份差事真不錯」的那種工作。他至今仍坐在那裡，牆上掛著妻子與孩子的照片，在比佛利山莊飯店裡修剪指甲。他的人生從此成了一場長長的幸福夢。

斯塔爾還記得，早在一九二七年他們就曾用過三個「怪人」。X當時被一個很難纏的女人糾纏。就在案子即將開庭的前一天，他派了一名侏儒與另外兩名怪人去傳話。他的律師在庭上，開場就說那個女人瘋了。因此她在證人席上描述那三位「來訪者」時，陪審團都搖著頭、互使眼色，並做出了無罪裁決。

西西莉亞的叔叔是個白癡——跟他哥哥一樣。

「湯米．曼維爾、芭芭拉．赫頓與伍利．唐納修那種堅毅的個人主義。」——不能原諒韋利在支持藍登的演說中，脫口而出這句話。

應該找個地方點出某位重量級經紀人的存在，讓整個電影圈的描述更具體。

一位身形高瘦、圓肩的年輕男子，有著鷹勾鼻、溫柔的棕色眼睛，面容帶著敏感氣質。

他的缺席所留下的震撼，就像隆隆雷聲，久久不去。

搭機之旅

我的藍色之夢，躺在籃子裡，像風箏般被繩索拉上天，無懼風的阻力。

在天空伸展著四肢、仰望藍天，看著天空一望無際地伸展，進行冒險之旅，真是痛快。

像是其中有一面完全空白的唱片般的女孩。

美國人的人生沒有第二幕。

這些男人的悲劇在於——他們的生命中從沒有過什麼真正刺入內心的東西。

那些簡單的海明威角色。

狡猾的剽竊者，

苛求的主宰者，

沒有一個人被閹割後還能存活下來。

別吵醒塔金頓的幽靈。

行動就是角色性格。

日文版翻譯後記

即使明知最後會輸

文／村上春樹　譯／劉子倩

史考特．費滋傑羅於一九四〇年十二月二十一日，年僅四十四歲時，死於好萊塢。當天是安靜的冬至，那個下午，他啃著巧克力棒，正在瀏覽《普林斯頓大學同學會週報》上的美式足球賽報導。留聲機流淌著貝多芬的《英雄》交響曲，死亡就在那一刻，唐突地，如落雷瞬間襲擊他。死因是疑似長年酒精成癮導致的心臟病發作。

作為小說家的他在死後留下的，是以好萊塢為舞台的壯闊長篇小說，可惜只寫了一半多一點就中斷。對文壇來說，他死得太早，若是能再多活一年，費滋傑羅這部擠出最後力量、充滿壯志雄心的故事，就其順遂的寫作進展看來，應該能夠完成，而其文字本身（人們稱之為費滋傑羅式筆觸）想必也會更加洗練。雖說命運不由人，這個結果仍令人萬分遺憾。

費滋傑羅大學時代的朋友，也是知名文學評論家艾德蒙・威爾森看了這篇未完的大作後，對其文學價值高度肯定。面對尚未寫出的小說後半部，威爾森提議將費滋傑羅生前留下的無數筆記（梗概與計畫）及零散的片段原稿整理出來，理出故事脈絡，重新編排章節，盡可能以接近完整小說的形式重組。經過這番整理後，作品以「The Last Tycoon」（最後的大亨）命名，於一九四一年由史克萊柏納（Scribner）出版社出版，此後歷經五十餘年，這個「艾德蒙・威爾森版」成為唯一能夠入手的版本被人們閱讀至今。本書也是採用這個一九四一年的版本作為翻譯原本。

威爾森的編輯（重組）儘管縝密且有效，卻不免有強解之處，日後大量資料公開後，被費滋傑羅文學的研究者質疑（或者說受到嚴厲批判）：「這算是重新化了妝吧。」這些研究者之中的急先鋒，馬修・約瑟夫・布羅科利（Matthew J. Broccoli）指責威爾森往往將作者遺留的筆記「為求方便而擅自改動」，而且就連對作品應該具有重大意義的書名都擅自「變造」。

的確，費滋傑羅在執筆過程中為這部小說取的暫定名稱是「Stahr: a romance」

（斯塔爾：一段羅曼史），非常簡單——或者該說平淡無趣。他在臨死前曾問過當時的情人格拉漢（Sheilah Graham）：「The Love of the Last Tycoon: a Western（最後的大亨之愛：一部西部小說），這個名稱如何？」他似乎把這個名稱視為有力選項，打算拿去和編輯麥斯威爾．柏金斯（Maxwell Perkins）商量。而且費滋傑羅還列出「The Last of the Tycoon」（大亨的最後）作為另一個選項，研究者還指出，作者本人從未提過「The Last Tycoon」這個名稱。

改動書名，使得布羅科利強烈批判威爾森（後來他用「The Love of the Last Tycoon: a Western」這個「本來的」名稱編輯，將此書交由劍橋大學出版），但是老實說，我並不認為除了「The Last Tycoon」之外有任何書名適合這部作品。「The Love of the Last Tycoon: a Western」在研究者看來或許是正確的，但在一般讀者看來——以及就我這個作家看來——恐怕算不上出色的書名。麥斯威爾．柏金斯對於「The Love of the Last Tycoon: a Western」這個書名（如果費滋傑羅真的將之視為最佳選項提出的話），想必也會有異議（那有點令人聯想到好萊塢B級片的片名）。我猜想，最後想必還是會自然而然地選用「The Last Tycoon」這個名稱。《大亨小傳》的時候也是如此，費滋傑羅在多數情況下都難以決定作品的名稱，直到最後的最後還在左思右想，優柔寡斷地煩惱。

我用這個威爾森版本當作翻譯原本，首先是因為作為小說容易閱讀，另一版布羅科利編輯的《The Love of the Last Tycoon: a Western》在資料、學術方面或許具有正當性，但是當作文學作品給一般讀者閱讀卻有點困難。相較之下，威爾森的編輯或許不夠準確，卻能感受到他對老友費滋傑羅的溫厚情誼，以及他努力想讓這部優秀的小說成形、讓更多讀者看到、讀到作品真正價值的個人（以及文學上的）熱情。比起學術上的正確與否，我更想肯定這部分。而且無庸贅言，威爾森是個擁有卓越審美眼光的文學家，他在這方面沒出過什麼錯。

大幅度編輯而留下許多醜聞的，最著名的就是湯瑪斯．沃爾夫（Thomas Wolfe），他的作品雖在同時代受到高度評價，後來卻被人發現，那是他零零散散送到出版社的大量原稿，經過編輯麥斯威爾．柏金斯巧妙組合而成的作品，這讓他在文學上的評價頓時一落千丈。如果考慮到個性認真的柏金斯想必為之付出了無盡心血，多少有點令人同情，但這是湯瑪斯．伍爾夫生來就大而化之、做事潦草的問題，最終責任當然會回到作者自己身上。他和壯志未酬、死後無奈留下未完成原稿的費滋傑羅，情況大不相同。公正地看來，艾德蒙．威爾森身為編輯、身為一名老友，完成了非常優秀且有良心的工作，我認為，用學術上的正確性當理由給他定罪似乎有點過分了。

在史克萊柏納出版社長年擔任費滋傑羅責任編輯的麥斯威爾・柏金斯，當初曾想過借助其他作家之手完成這部未完的小說。他相中的執筆人選是約翰・奧哈拉（John O'Hara）和巴德・舒爾伯格（Budd Schulberg）。被兩人乾脆地拒絕後（他們說自己實在無法代替費滋傑羅），柏金斯甚至考慮過向海明威求助。但那個主意遭到費滋傑羅的妻子賽爾妲強烈反對，很快就放棄了。最後，柏金斯決心請艾德蒙・威爾森編輯，以未完成的形式出版。當時費滋傑羅已人氣凋零，況且又是沒寫完的長篇小說，恐怕不會有銷路，但柏金斯認為，只要賺到的錢夠「零用錢的程度」，好歹能對費滋傑羅留下的妻子和女兒有點幫助。費滋傑羅過世時，還欠了出版社七千美金（預借款）。

這部作品在作者過世的翌年，冠上「未完的小說」這個副標題出版，首刷冊數不及五千本。但是出乎大家的預料，這本書的銷售穩定持續，順利地一刷再刷，而且許多評論家和作家都很喜歡這本書，給予高度評價（頂多只有昔日好友海明威出言批判），紛紛惋惜費滋傑羅的早逝。而這個聲浪也成為一種助力，讓死後的費滋傑羅漸漸站上戰後重獲肯定的浪潮。

本書主角蒙羅・斯塔爾真有其人，是以米高梅電影公司（MGM）的電影製片人歐文．薩爾柏格（Irving Thalberg）為原型，這點毫無疑義。當然，費滋傑羅身為作家，為這個原型添加了種種小說式的血肉，但薩爾柏格這個真實人物無疑帶給他大量的感觸，成為執筆長篇小說的原動力之一。與斯塔爾針鋒相對的反派角色派特．布雷迪的原型，則是同為米高梅共同創辦人的路易斯．梅耶（Louis Burt Meyer）。費滋傑羅的傳記作者安德魯．登伯爾（Andrew Turnbull）表示：

「費滋傑羅深受薩爾柏格吸引，因為『他那獨特的魅力，出眾的俊美容貌，華麗的豐功偉業，以及大冒險式的悲劇性結局』。費滋傑羅承認正是薩爾柏格『間接為我提供了蒙羅．斯塔爾的大半個性——不過我也從其他人身上擷取了某些部分，甚至從我自己身上也不可避免地採用了許多元素』。」

薩爾柏格在布魯克林長大，是進口蕾絲商的猶太人之子，個子矮小看似孱弱，但他不到二十歲就被環球影業的老闆卡爾．萊姆勒（Carl Laemmle）發掘才華，轉眼間就成為電影片場的大人物，還被稱為「神童」。而他那堪稱夢幻的理想主義，以及驚人的完美主義（不惜重拍再重拍），不知疲倦的熱情和奉獻，使他成為電影界刮目相看的領袖人物，成為傳奇，深深吸引許多人。但是路易．梅耶嫉妒他的成功，兩人的不合浮上檯面，薩爾柏格因此被趕下台，遭到冷遇，在一九三六年，年僅三十七歲便離世。附帶一提，薩爾柏格和美女演員諾瑪・希拉（Nomar Shearer）結婚，但她（和本作中出現的米娜・戴維斯不同）沒有早逝，一直活到一九八三年。

在戰前猶太人仍受到嚴重歧視的時代，寫出以猶太裔美國人為光輝英雄的小說——尤其還是由愛爾蘭（天主教）裔作家的費滋傑羅來寫，是特例中的特例。《大亨小傳》的主角傑・蓋茲比，來自美國中西部的貧農家庭，在同樣的意義層面上，出自布朗克斯貧窮猶太家庭的蒙羅・斯塔爾也是從美國社會幾近最底層一路爬上來的英雄。他們赤手空拳，只靠自身才華就急速攀登青雲之梯。他們胸中懷抱明確的夢想，有野心，以此為動力，筆直地朝著上方前進，但是在某個時間點，那個夢想與野心牢牢地固著在了一名女子身上，並且因為那種固著太強烈，導致最後迎來致命的毀滅。費滋傑羅定睛凝視那興亡過程的眼眸是溫柔的，同時也是冷靜的。

就這個意義而言，蒙羅・斯塔爾等於是傑・蓋茲比的「西岸版」，但正如艾德蒙・威爾森在序文中指出的，斯塔爾不是蓋茲比那種不知從哪裡冒出來，忽然降臨「長島奢華酒會」的神話性人物。在電影這個新興產業中，他開拓出自己的道路，成為能幹的年輕生意人。而好萊塢的電影產業的確是靠著許多有野心的猶太人支撐，正因為是新誕生且「前途未卜」的產業，才有當時仍屬於社會局外人的猶太人介入的餘地，也因為費滋傑羅撇除偏見，才能鮮明地捕捉到席捲那個瀰漫著野性氛圍的早期電影界的蒙羅．斯塔爾——以及歐文．薩爾柏格——這種人物的魅力，他們的成功與發達華麗耀眼，他們的沒落也極盡悲哀絢爛。

費滋傑羅在給女兒史考蒂（Scottie）的信中這樣寫道：「人生在本質上就是一場勝負之爭，最後自己肯定會輸。說到能得到的回報，不是什麼『幸福快樂』，而是艱苦抗爭所帶來的更深刻的滿足。」

這或許也可以當作對費滋傑羅的文學，及其真實人生的一個總結。

若容我說點個人感想，我在翻譯時，久違地重讀這部小說，不由得深深改觀：「啊，原來這是一部比我所想的更用心、內容更深奧的小說。」逐行翻譯的同時，更再次嘆服費滋傑羅圓熟的筆力。

二〇二三年二月　村上春樹

（編註：本文收錄於中央公論新社二〇二二年四月發行的版本。）

文學森林 LF0204C

最後的影壇大亨
The Last Tycoon

作者
史考特・費滋傑羅
F. Scott Fitzgerald
二十世紀美國最具代表性的小說家，被後世喻為「爵士年代」的象徵。著有《塵世樂園》、《美麗與毀滅》、《大亨小傳》、《夜未央》、《最後的影壇大亨》、《一個作家的午後》等多部作品，其中以《大亨小傳》最為著稱，數度改編電影，並被《時代》雜誌票選為世紀百大經典小說。

譯者
徐之野
台灣人，攻讀英美文學，譯有《大亨小傳》。

譯者・村上春樹 後記
劉子倩
政大社會系畢業，日本筑波大學社會學碩士。現為專職譯者。

封面設計　傅文豪
主　　編　詹修蘋
行銷企劃　陳彥廷、黃蕾玲
版權負責　李家騏
副總編輯　梁心愉

初版一刷　二〇二五年九月
定價　　　新臺幣三八〇元

ThinKingDom 新経典文化
發行人　葉美瑤
出版　新經典圖文傳播有限公司
地址　臺北市中正區重慶南路一段五七號一一樓之四
電話　02-2331-1830　傳真　02-2331-1831
讀者服務信箱　thinkingdomtw@gmail.com
臉書專頁　http://www.facebook.com/thinkingdom

總經銷　高寶書版集團
地址　臺北市內湖區洲子街八八號三樓
電話　02-2799-2788　傳真　02-2799-0909
海外總經銷　時報文化出版企業股份有限公司
地址　桃園市龜山區萬壽路二段三五一號
電話　02-2306-6842　傳真　02-2304-9301

最後的影壇大亨/史考特.費滋傑羅著；徐之野譯. -- 初版. -- 臺北市：新經典圖文傳播有限公司, 2025.09
288面；14.8x21公分. -- (Literary forest ; 204)
譯自：The last tycoon
ISBN 978-626-7748-08-4(平裝)

874.57　　114010479